木里病人

听不见的声音

陈庆港 著

江苏凤凰文艺出版社
JIANGSU PHOENIX LITERATURE AND ART PUBLISHING, LTD

图书在版编目（CIP）数据

木里病人 / 陈庆港著. — 南京：江苏凤凰文艺出版社，2018.7
ISBN 978-7-5594-1866-1

Ⅰ.①木… Ⅱ.①陈… Ⅲ.①纪实文学—中国—当代 Ⅳ.① I25

中国版本图书馆 CIP 数据核字（2018）第 071184 号

书　　　名	木里病人
著　　　者	陈庆港
责 任 编 辑	孙建兵
出 版 发 行	江苏凤凰文艺出版社
出版社地址	南京市中央路 165 号，邮编：210009
出版社网址	http://www.jswenyi.com
印　　　刷	三河市华东印刷有限公司
开　　　本	718×1000 毫米　1/16
印　　　张	18.75
字　　　数	198 千字
版　　　次	2018 年 7 月第 1 版　2020 年 1 月第 2 次印刷
标 准 书 号	ISBN 978-7-5594-1866-1
定　　　价	45.00 元

（江苏凤凰文艺版图书凡印刷、装订错误可随时向承印厂调换）

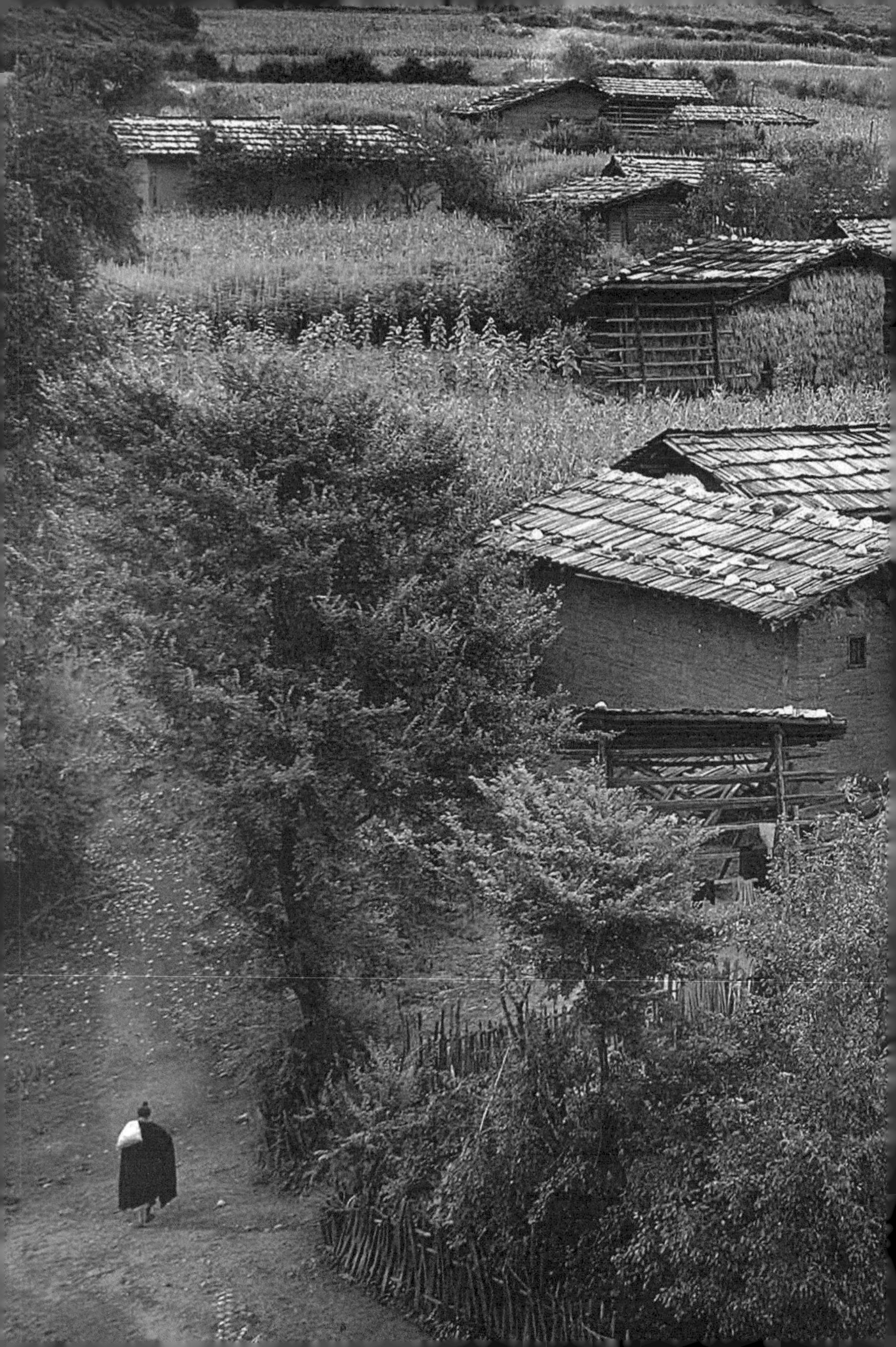

利家嘴

利家嘴村，牧人和他家的羊

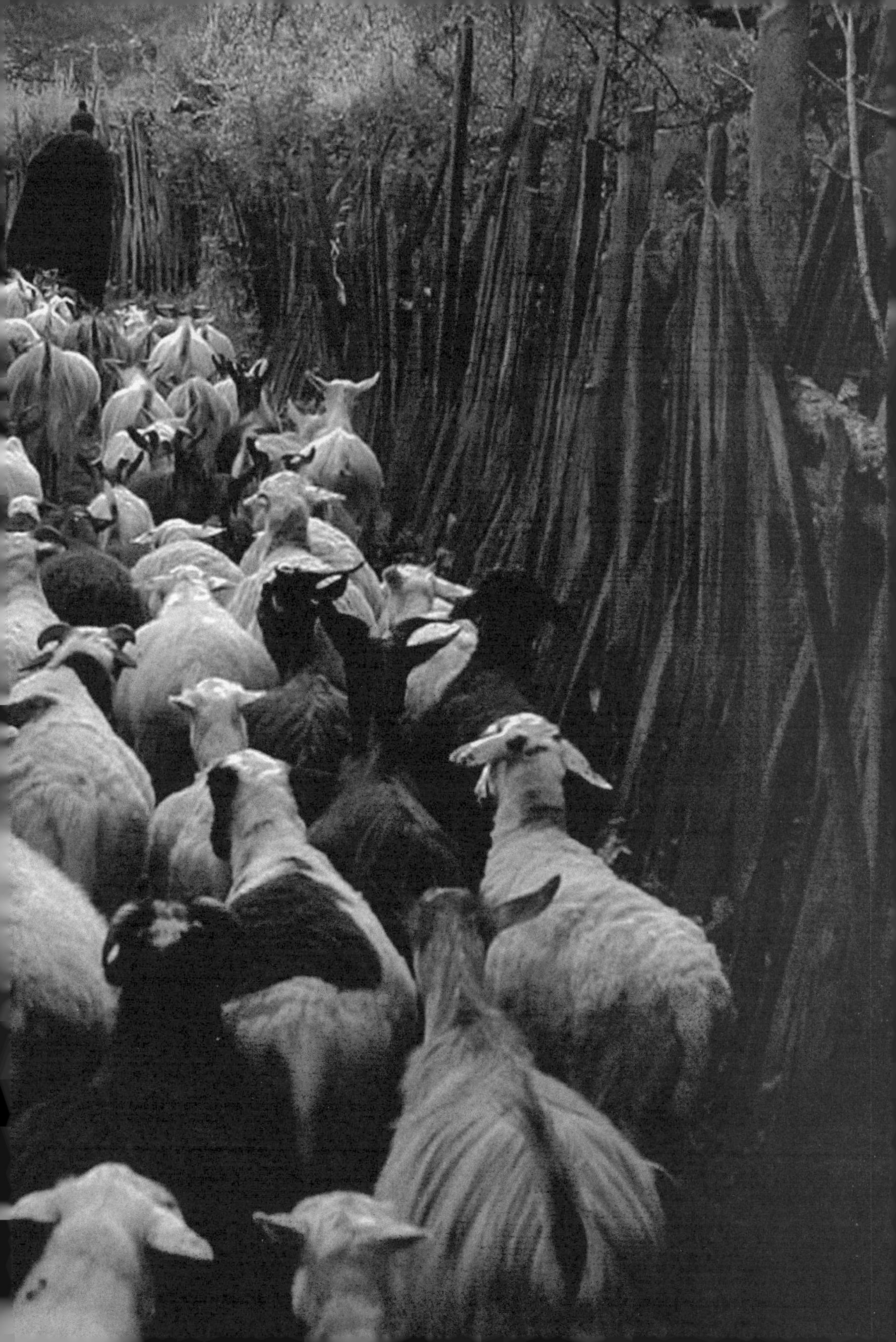

大村村民家门前挂着的动物干尸

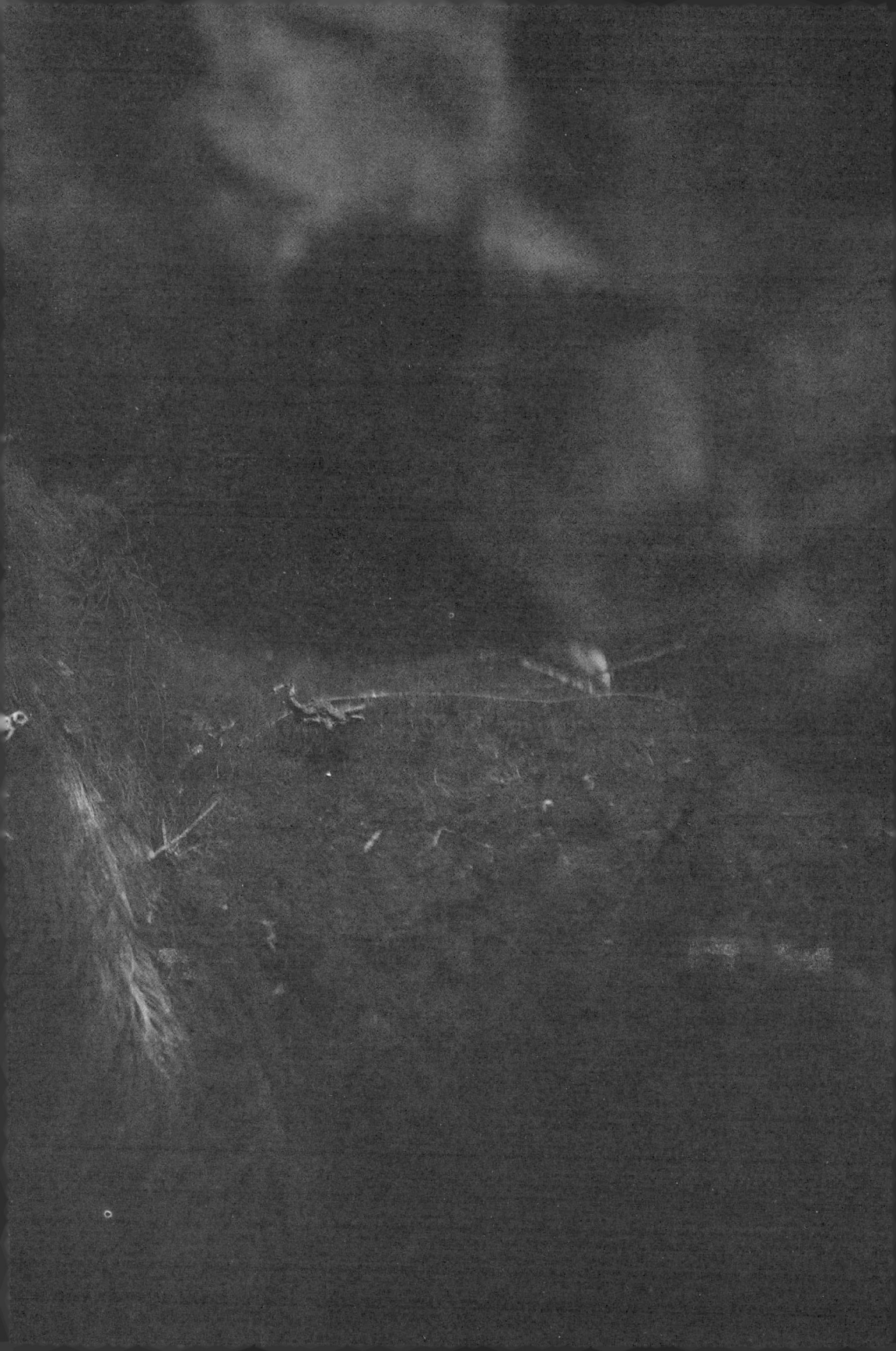

做法事的东巴

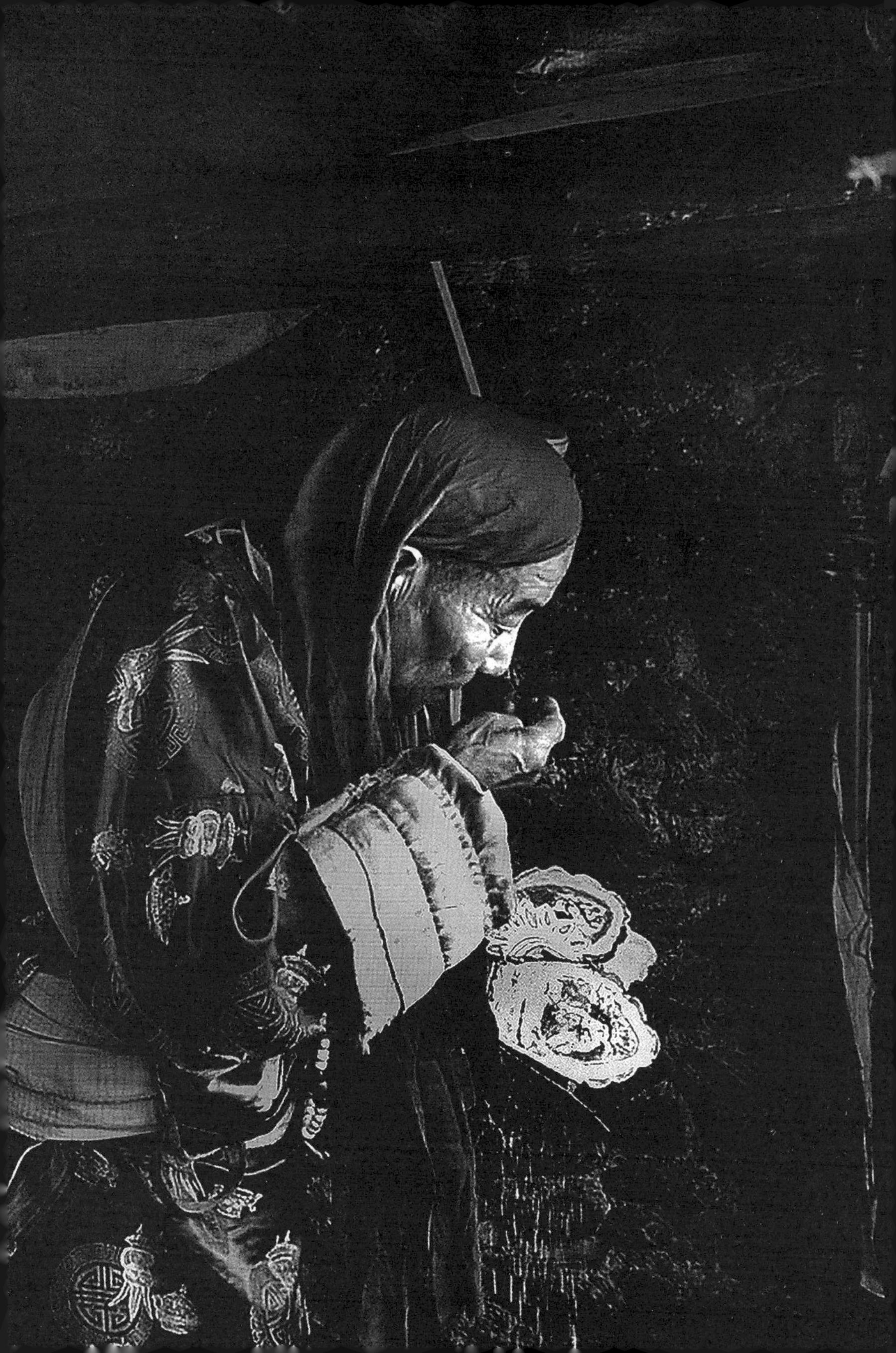

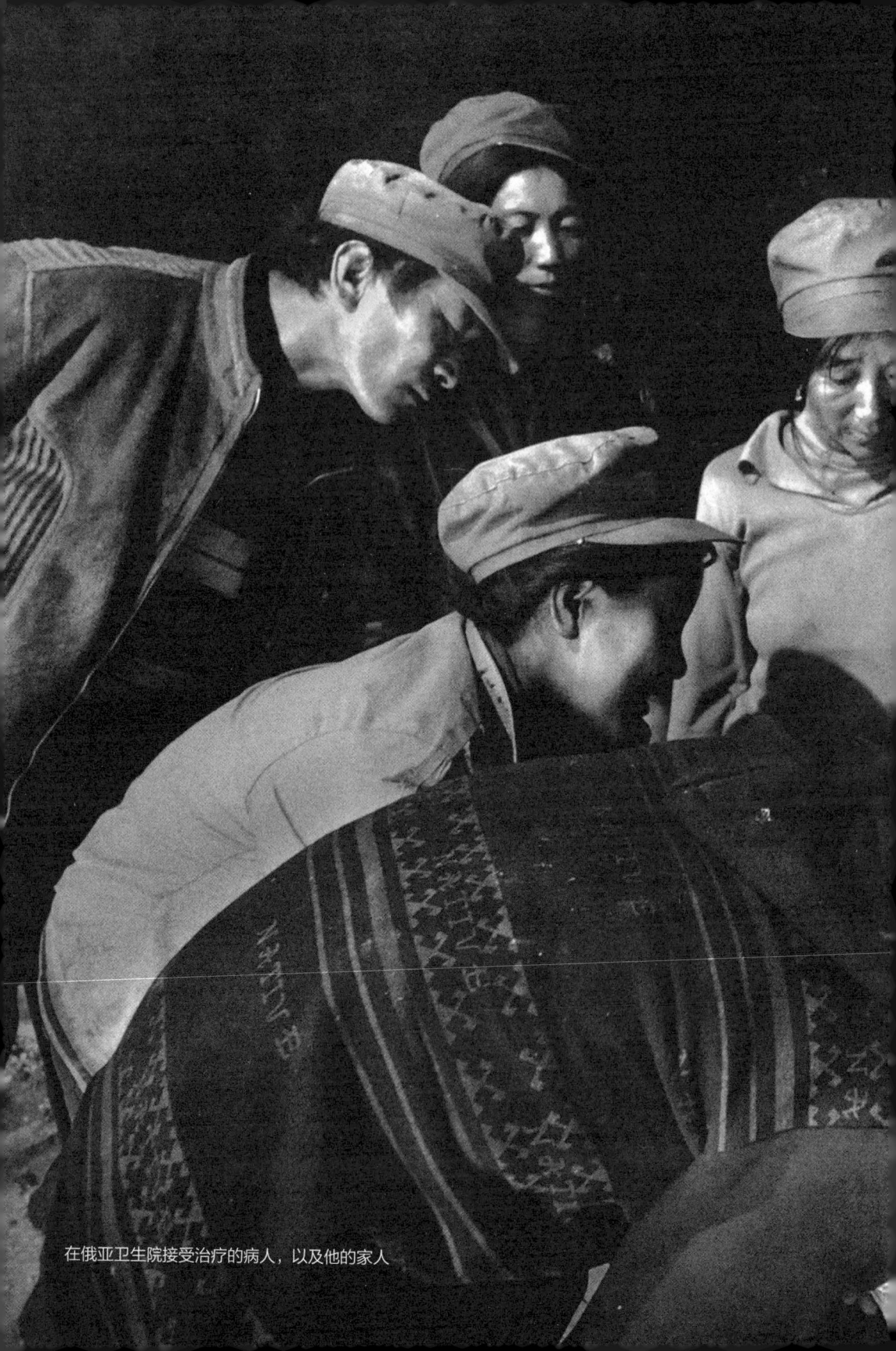

在俄亚卫生院接受治疗的病人，以及他的家人

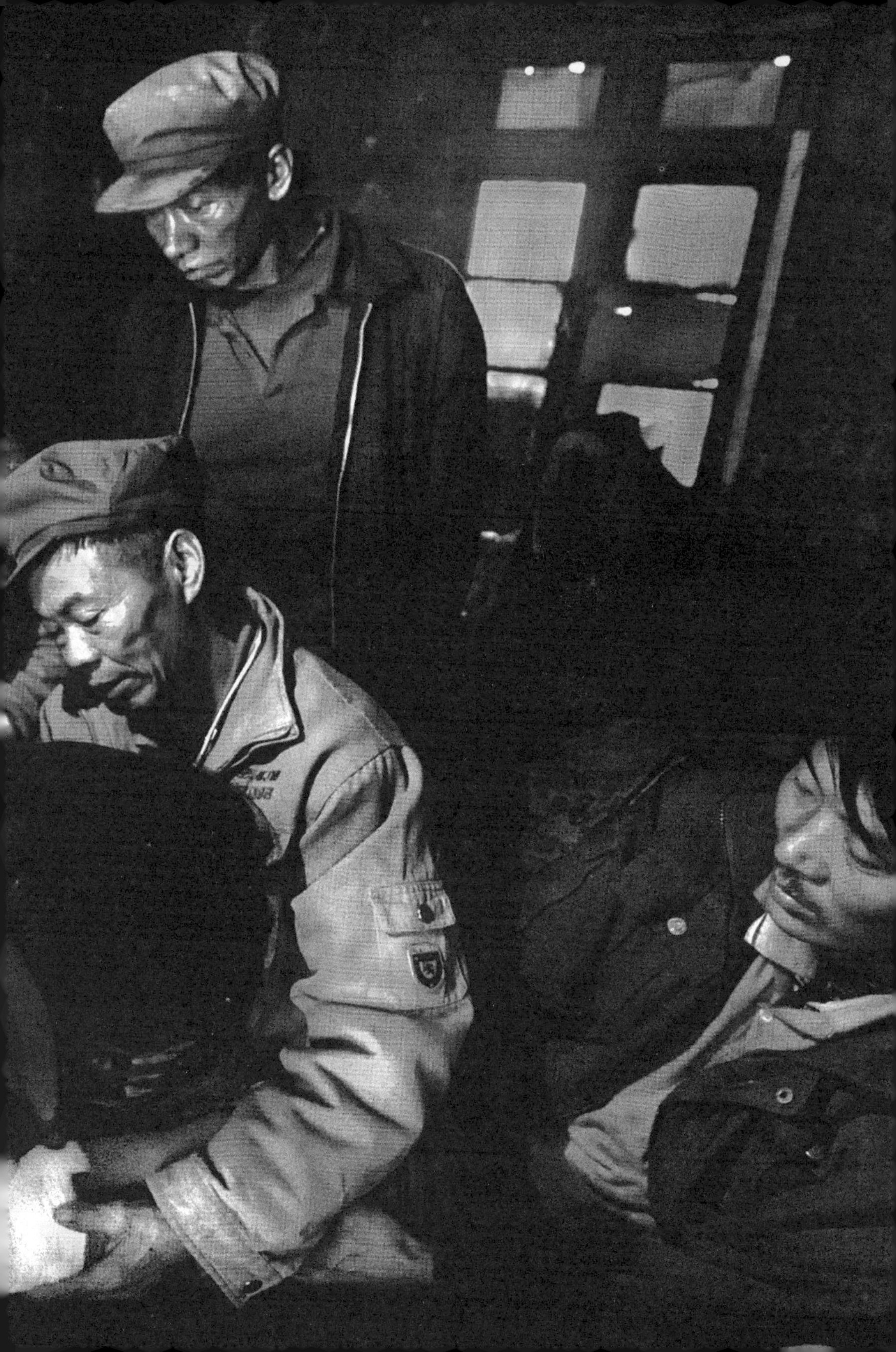

俄亚卫生院里病人的床

目录

① 路上

拉姆的讲述 → 002

第三条路线 → 009

阿黑阿瓦 → 012

同行者 → 016

被活埋的麻风病人 → 022

丹珍的小店 → 026

树坝 → 029

打翻的茶碗 → 032

② 俄亚

瓦克戈启传说 → 042

大村客栈 → 045

加阿的讲述 → 052

瓦才 → 054

朗布若的讲述 → 057

松点阿学的葬礼 → 069

俄亚乡里的年轻人

③ 彭氏兄弟

故乡及神秘仪式 → 080
灰色院子 → 085
彭孝刚的讲述 → 088
玛若 → 094
死在前往香格里拉的路上 → 097
春秀 → 099

④ 阿甲家

腊八哈掠 → 120
咪咪 → 123
温戈 → 127
咪咪，阿甲，降初 → 130
克若里的悬崖 → 135
阿甲的经书 → 139

利家嘴村的牧人

⑤ 俄碧村

哈美的讲述　　→ 154

捕熊人　　　　→ 157

新娘央宗卓玛　→ 162

臭石　　　　　→ 166

央扎之死　　　→ 170

央诗布迟的讲述　→ 174

兰卡的痛苦　　→ 177

⑥ 姜医生

江边的木屋　　→ 188

拉鼻沟女病人　→ 195

故事　　　　　→ 198

米研初　　　　→ 203

山里放牛的男人

⑦ 共妻和换亲

一妻多夫 → 208
夏拉 → 212
神秘的安达 → 214

⑧ 利家嘴

央金玛 → 236
树泉和嘎姆的蘑菇 → 242
达巴和草 → 246
卓玛雍宗的茶 → 250
皮匠和路绒的歌 → 255

⑨ 后记

时间的凹地 → 267

阿帕家的合影

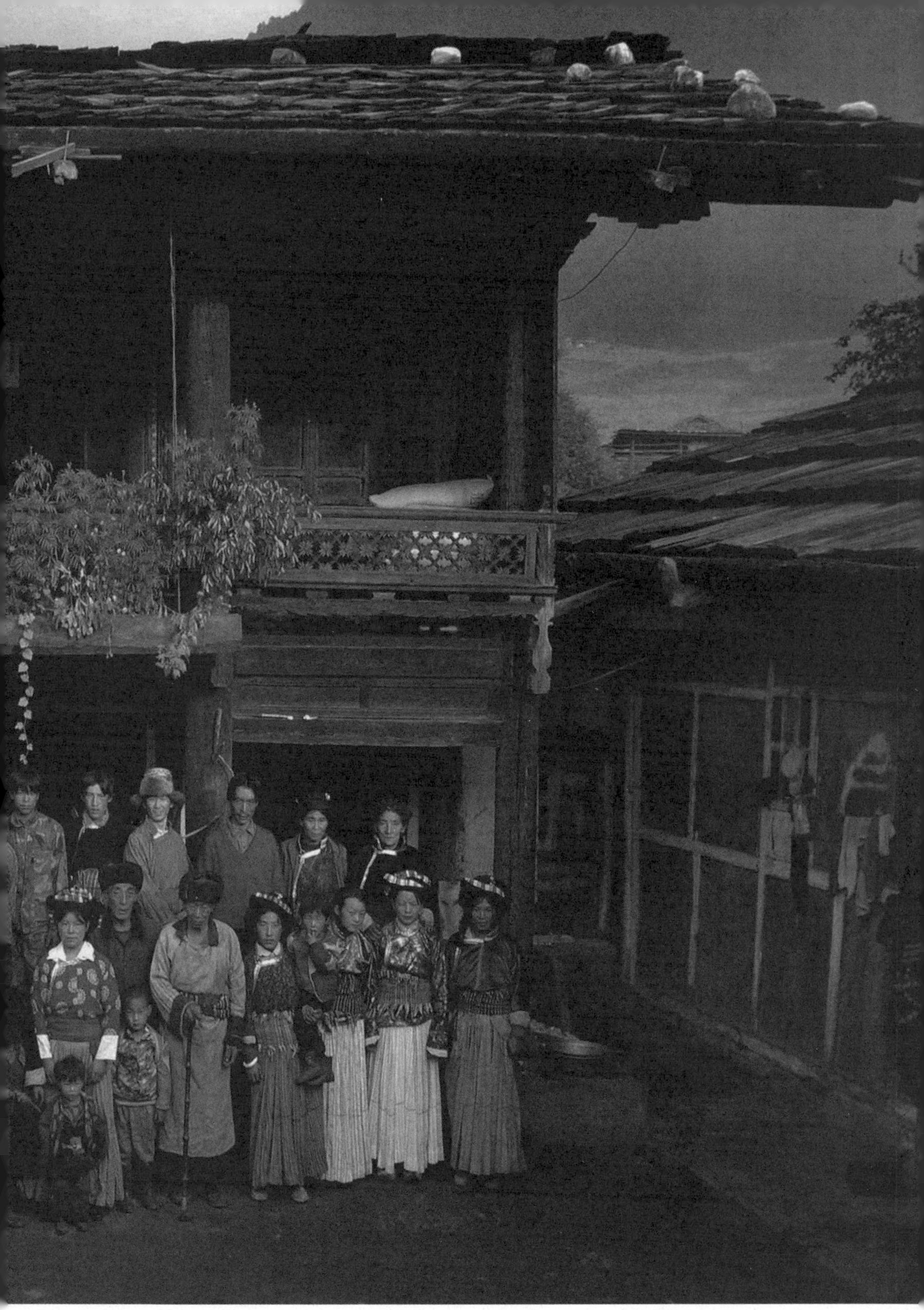

俄碧村阿甲家的木屋里

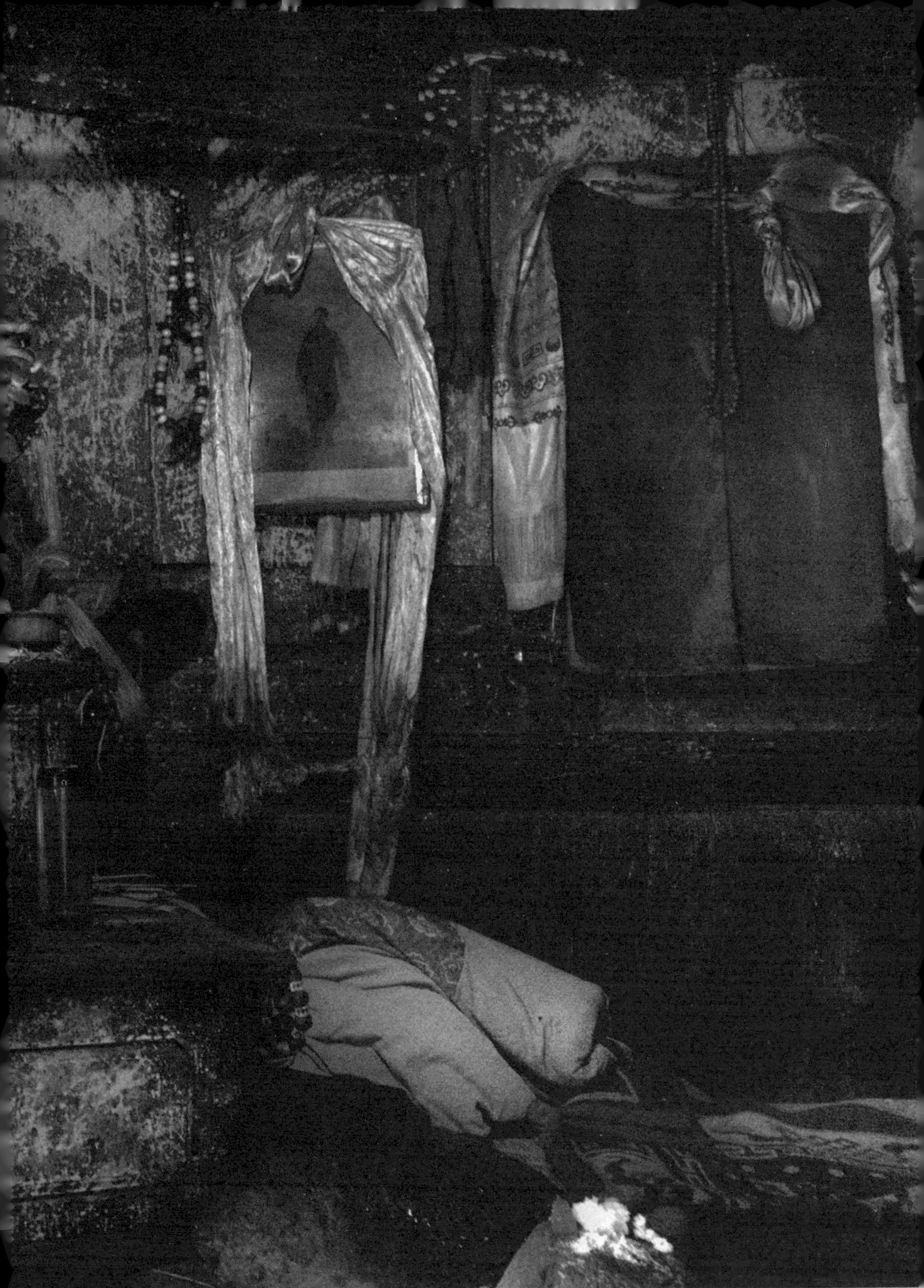

走在利家满通往屋脚乡路上的扎西

1

路上

※

拉姆的讲述

※

第三条线路

※

阿黑阿瓦

※

同行者

※

被活埋的麻风病人

※

丹珍的小店

※

树坝

※

打翻的茶碗

拉姆的讲述

　　木官家的碉楼有三层,筑在一块山一样大的石头顶上,四边是陡峭悬崖,崖壁上长满了仙人掌。开花季节,碉楼四周满眼都是黄色的仙人掌花,六七月开,也开红色、白色的花。
　　碉楼的顶上是平台,沿平台边走一圈,能看见四面八方几公里内所有情况。有事,站在平台上一吹海螺号,整个大村就都知道了。过去土匪特别多。
　　村前的龙达河上还有一座伸臂桥,桥是用树干一根一根叠摞成的,从河两岸分别叠摞,一层一层叠摞,越往上树干越往河心伸展,就像两条手臂不停往前伸,最后在河中间搭到了一起。伸臂桥上有士兵日夜把守。站在木官家的碉楼顶,可以看清从桥上经过的每一个人、每一只牲口,河的上游、下游也都看得一清二楚。一有情况,螺号一响,全村人很快就集合起来了。

木官家的碉楼最上面一层是经堂,经堂里有佛像,佛像有泥塑的,也有瓷的。墙上也挂着佛像,那都是请画工一笔一笔描出来的。最大的佛像前摆放着几十盏油灯,每天会有专门的人给油灯添油。碉楼的中间一层住人,下面一层是牲口房。

碉楼的三个方位上垒着玛尼堆。三座玛尼堆里分别藏着金、银,还有刀。

木官家有三十个家奴。

那时,木里境内还没有完全解放,有小部分彝人和藏人不想和平谈判,这部分人都在争取木官达江到他们那边去。木官达江是俄亚的土司,我的父亲。我的父亲没有到这部分人那边去。

和平解放后,我的父亲将木官家的所有房产、土地、牲口,还有家奴,统统上交给了政府。木官家也离开了俄亚,木官家的碉楼先是被改做公社(乡政府),公社搬迁后又被改成了粮站(后来粮站撤销,碉楼被拆重建)。

父亲木官达江开始被任命为木里一区(区政府所在地即今瓦厂,在木里大寺附近)区长。那时父亲木官达江和母亲木官旺布二十来岁,他们的第四、第五个孩子就出生在一区。后来父亲又被调到了县政协。我是他的第六个孩子,出生在县城。

"文化大革命"开始后,我们一家被赶出县城。回俄亚。

当时,母亲一个人带着六个孩子,跟着一支马帮走。从宁朗（木里县的一个乡）这边，往依吉（乡）方向。天上下着大雪。两个大的（孩子）自己走，小的放在马背上的笆篓里，一边一个。当时我只有几个月。我的大姐姐比我大十五岁。

雪很深，在雪地里走，嘴里呵出的热气会在眉毛上、头发上结成冰凌，头上还会形成一个大大的冰盔。那时的冬天要比现在冷。晚上妈妈不敢睡，烧火，用火烤孩子，她怕我们冻死。

连马脚子（赶马帮的人）都怕这条路。马脚子的马也会累垮。马倒在雪地里了，马脚子不会离开，只要他一离开，马就会很快死去。马的心里也害怕，所以就会很快死去。马在雪地里倒了，马脚子舍不得它，会守在它身边，据说有时要一两天（马才会死掉）。

高山走了三天，矮山走了三天。妈妈带着我们六个孩子，路上走了十一天，终于回到俄亚。

拉姆一边翻着影集，一边讲。阳光透过木里县城里的这幢灰色四层楼房的木格子窗，投照在影集里的一张张照片上，让这些已经发黄的老照片又多了一层时间的印迹。拉姆看上去要比她的实际年龄小。她不爱说话，爱笑，她甚至打了几个电话试图请人来帮忙（讲述）。

裁着花边的两寸大小的黑白照片上，二十多岁的木官达江和木官旺布，俊朗，雍容，气质高贵，他们身后层层叠叠的石雕，像一座藏满谜题的城堡。在这个静谧的午后，它让拉姆平缓的讲述充满寓意。

木官拉姆说，在大儿子三岁时，她和丈夫又走过一次当

图左： 年轻的土司木官达江。
图中： 木官旺布与她的第一个孩子木官达珍。
图右： 木官旺布与长子木官达珍、大女儿木官春玲。

① 路上 拉姆的讲述

年妈妈带她们回俄亚的这条路，走了五天，是去探望重病的母亲。木官拉姆的丈夫叫阿之夏拉，阿之夏拉的父亲原是木官土司家的随从。

回到俄亚，我们已经不能再住木官家的碉楼，我们要在村里重新建房。我们家后来建房的这块地方，当时村里没人要，不顺，谁家住这谁家败。干部说，就让土司家来住这里。

又分了八亩地给我们，木官家原来的好地一分也没分给我们，合作社分给我们家的全是沟边沟底的地。

母亲木官旺布在村里被斗争，每次都是一个人出去，到很晚才回来，打着火把。

孩子在家，等她。她不回来我们不敢睡。

母亲木官旺布有个儿子九个月死了，还有一个儿子生下十一天死了。在被赶回俄亚之前，母亲木官旺布在县食品加工厂工作。

就这样，母亲木官旺布带着我们六个孩子在村里种地，生活。

后来，"文化大革命"结束，父亲木官达江又当了县里的政协委员。那年我十四岁。我跟着父亲回了木里县城。

母亲木官旺布不回县城，她到死都在俄亚。

父亲木官达江1984年病逝，五十三岁。死在俄亚。他是那块土地上的最后的土司。

母亲木官旺布1998年去世，六十岁。死在俄亚。病死。

图上： 木官达江一家的合影。前排从左至右：木官若玛（二女儿）、木官路中（二子）、木官次里（三子）。后排从左至右：木官旺布、木官春玲（大女儿）、木官达珍（长子）、木官达江。木官拉姆这时还没有出生。

图下： 担任木里县一区区长时的木官达江。

我有三个哥哥，两个姐姐。大哥木官达珍，现在就住在俄亚大村，他在县城上过三年学，但"文化大革命"一来就斗争他，不让他读书了。后来又把他赶回了大村。他在大村娶了妻子，他的妻子叫夏拉，他们有三个孩子：大女儿叫克米，克米没上过学；大儿子叫欧若，欧若上过一年学；小儿子叫森根杜基，上过二年学。大哥木官达珍家现在有六亩地、六头牛、四匹骡马、二十多只羊、十几头猪。木官达珍是木官家的第二十七代孙，是长子，按照木官家的传统，他本该是俄亚土司的继承人。

第三条路线

几天来，有个手捧着地图四处乱走的人，已经被木里县城的许多人熟悉。他路过街头时，摆烧烤摊的小伙子会一边扇着木炭一边歪着脑袋对他说：俄亚，俄亚了啊？坐在月亮山谷酒吧柜台后面悄悄照镜子的小姑娘也会突然探出头喊：喂俄亚，俄亚了啊？就连执勤的警察有时在他从身边经过时，也会扭头问：俄亚，俄亚了啊？

他们说的第一个"俄亚"，指的是手捧地图的人，这几天他一直"俄亚""俄亚"地打听，所以他们干脆就叫他"俄亚"了。他们说的第二个"俄亚"，才是俄亚，一处手捧地图的人和他们都还没去过的地方。他们冲手捧地图的人说的这句话真实意思是：嗨，你这家伙，你去过俄亚了吗？或者是：嗨，你这家伙，你怎么还没去俄亚啊？

这个手捧地图的人，就是我。

我拿着两张不同版本的四川省地图，一张凉山州地图，还有一张已经破损得很严重的油印木里县地图。四幅地图有两幅上面找不到俄亚，找得到的，俄亚也只是针尖大的一个小点，没有任何线与它相连。我去过县政府，也去过县城那家唯一的书店，想找一幅俄亚能被标示得大点的地图，哪怕是示意图也行，但一听我的想法，每个人都把头摇得像拨浪鼓，连声说：

"哦，不不不，就这样就这样，俄亚不能大不能大。"

这是我滞留木里县城的第七天。

我开始怀疑，从县城进俄亚，是不是一个明智的选择。

木里县汽车站每天只有几班开往附近县乡的班车。

俄亚不通车。

"那里怎么能通车呢？"售票员说这话的口气，就像是在问我一加一怎么能是三呢。她用责备又略带慈爱的眼神盯着我，这让我想起了我的小学老师。我为自己不懂常识而惭愧。

车站前的小街两旁，停满了各式各样的出租车。司机们围在一起，他们并不谈论什么，但每个人的眼睛在阳光下眯缝得非常一致。司机中没有人去过俄亚，他们对俄亚的了解比我更少。尽管如此，我仍然从他们这里获得了一条确凿而令人失望的信息。

县城去俄亚有两条路线。从木里县城往盐源县，到盐源再往宁蒗县（位于云南省），到宁蒗县城再往永宁乡，从永宁乡再往西北方向走，经屋脚、依吉两乡，即可到达俄亚。这是第一条路线。我第一次进木里走的就是这条路线。经宁蒗到永宁，在永宁找向导，租马，然后到达利家嘴，再到屋脚乡。这条路线也是八十年前洛克第一次进木里时的路线。"沿着陡峭的驿道，像蜗牛一样慢慢蠕动前行，石缝里的树枝，像伸开的手一样，紧紧抓住空悬的崖石。天黑后，万籁俱寂，寒风从山林间猛烈地劲吹过来，我们在参天古木下，紧紧拥挤在一起。由于没有躲避处，不得不在豹子出没和风雪肆虐的山林中过夜，危险至极。"洛克在日记里这样描述了这条路。当年我在这条路上也历经艰辛，由于正值雨季，好不容易跋涉到了屋脚乡，俄亚就在不远处了。然而前方泥石流、塌方频发，最终不得不放弃这最后一公里。或许是那次经历在我心里留下了阴影，如今我本能地排斥这条路线。

另一条线路是从木里县城到盐源后，往西昌，然后北上至雅安，再向西往康定、理塘，再南下经稻城、亚丁到达东意，最后在东意寻机进入俄亚。这条路线不仅耗时长，而且充满不确定因素，特别是最后几十公里，司机们眯缝着眼对我说：这个季节每天都在塌方，即便当地人也不敢走。

然而，很快就有了第三条进入俄亚的路线。

两天后，有个彝族人找到了我。

阿黑阿瓦

这是个身材瘦小肤色黧黑的彝族青年。他在旅馆的阳台上找到了我。

当时,我几乎已决定放弃行程,正躺在木里古老而热情的阳光下,在洛克吝啬而干涩的文字中探寻着那些似乎近在咫尺却又遥不可及的神秘时空。

这位年轻的彝族人见到我后,并没有朝我走来,而是向着阳台栏杆走去。他扶着栏杆,面朝绵延不绝的远山眺望了好一会儿,才转过身来。

转过身他也并不看我,而是盯着我手里的那本洛克的书。

"洛克也想进俄亚,没成功。"他说。

自从第一次进到木里后,这几年里我已陆续走完了洛克在木里走过的大部分路线。洛克当年确实接近过俄亚,但未到达。至于到底是没去，还是没成功，这并无确切结论。在他的著作中，洛克对俄亚也只是有过极简单的提及："整个贡嘎岭山脉和无量河曾经一度在纳西首领统治下，具体时间是明朝万历年间（公元1573年—1619年），那儿有许多纳西村庄，统称为俄亚，村子的居民都是过去防守那些区域的纳西士兵的后裔。"

彝族青年继续说："他不敢冒冒失失进去，就先派一名随从探路。路上有个叫野鸡梁子的地方，那里海拔四千多米，地势特别险峻。"直到这时，他的目光才移到我的脸上，他盯着我的脸，就像刚才他盯着我手里的那本洛克的书那样。"望着脚下的万丈悬崖，探路的人怕了。他两腿一软，就掉了下去。"

他从我脸上收回目光，盯着自己手中的车钥匙看。"洛克的随从都是精挑细选出来的，个个身手不凡。"他玩弄着车钥匙，沉默了一会儿，然后又接着说："后来洛克就再也不提去俄亚的事了。"

洛克进入木里的随从，他自己有过描述，因为当年这一路山匪太多，出发前（1924年1月第一次进木里）他向当时的政府要求保护。"的确，做出前往木里的决定是需要很大决心的。我给丽江的中国地方官府写了一封信，信中告知他我将从川滇边界上的永宁出发。但我信中丝毫没有告诉他我的目的地是木里，因为害怕他会阻碍我们的出发。在信中我还指出因我们仍身处云南，所以云南方面有必要且有义务给我们提供一些军事护卫，以保证我们旅途的平安。"地方官先是拒绝了洛克的要求，说不能够给他提供必要的护卫。

① 路上　阿黑阿瓦

但在洛克的再次请求下，最终还是答应了。"晚上的时候，十个全副武装的纳西人出现在我的村庄，他们都装备了奥地利1857年出产的老式步枪，但这些老式步枪的性能仍然良好。""士兵中的一些人是十四五岁的纳西族小伙子。他们由纳西人供养，但他们实际上制造的麻烦比给予的帮助还多。他们一旦驻扎在一个村子里，经常吃霸王餐，欺负当地的村民。他们随心所欲，很少有人敢和他们作对。但我别无选择，只能雇佣他们，我和他们约法三章，只要和我在一起，他们就不准欺负村民，而且吃什么东西都必须自己付钱。"除了这十个令他极不满意的士兵外，洛克还有另外四个侍从：一个暹罗（泰国）男孩，他的藏族厨师，以及两个纳西仆人。

"个个身手不凡？"

我继续看书。

"俄亚，"彝族青年说，"只有我能送你到那。"见我一动没动，他转过身，指着重重叠叠的山脉说："出县城往北，绕过这座山，再翻越它后面七座山，可以到桃巴乡，再从桃巴乡往西，就到水洛乡了。从县城到水洛乡有路，只要不遇塌方，一天能到水洛乡。"他指点江山的样子，让人怀疑眼前绵延无际的山川河流只是他垒出的沙盘。"从水洛乡沿水洛河往南，那儿不久前刚刚开出一条路，是修水电的简易路。这条路还没有几个人知道，走过的人更少。沿这条路可以一直到达宁朗，从宁朗继续往南，来到水洛河和龙达江汇合的地方，那里有个村庄叫树坝，"他的指尖不停地在空中移动，"离树坝不远有个渡口，从那里渡过冲天河，再往西走……"

不知不觉的，我到了他身边，和他并肩站着。虽然他讲洛克尽是道听途说，但刚刚这番话，却句句货真价实。

"有点危险，"他扭头看我一下，"但走得通。"

当年木官一家被赶出县城，木官旺布带着孩子回俄亚走的应该也是这个方向。我手里的书，掉到了地上。我向他伸出双手，希望正式和他认识一下。

这时他却用手挠着头，说："但我要告诉你，这一路很难走，所以费用嘛，也高。"

"多少？"我问。

"最少，最少五千。"他说。

"这钱让你一个人掏，确实有点多，"见我没有立即答应下来，他就又说："还有三个拼车的，他们到水洛，每人出四百，剩下的你全包就行。"

他叫阿黑阿瓦。

① 路上　阿黑阿瓦

同行者

第二天天不亮，我们就出发了。

阿黑阿瓦把他右侧的位置留给了我。我上车时，后排座上已经坐着一个人。

另外两个人是在县医院附近上的车，一个人手里拎着一个鼓鼓囊囊的大包裹，另一个人手里提着两个鼓鼓囊囊的大包裹。他们什么话也不说就上了车，随同他们上车的还有一股浓烈的医院里特有的气味。

这时天还没有亮，街道上没有其他车辆。

阿黑阿瓦不用看清上车人的面孔，但这是他们约好的地点，这个时候，不会有别人在这儿等车。

阿黑阿瓦开的是辆北京2020越野车，底盘经过改装，虽然颠簸得厉害，却很适合山道行驶。刚出县城的这段路一直沿着木里河走。木里河两岸都是垂直的岩壁，路就开凿在岩壁上。路面还算平整，但窄，弯多。每次拐弯，车都像要冲入峡谷，我的每块肌肉都绷紧，碰在车身上哐哐作响。

行驶了两个小时后，天才慢慢亮起来。

车窗外云雾茫茫，和透过飞机舷窗看到的云海一样。

后座上的三个人始终一声不吭。两边靠窗坐的，都在扭脸望着窗外。窗外已不再全是深不见底的山谷和岩壁，有时会是溪流，有时会有村庄，而更多的则是森林。森林里弥散着雾气，原始的树干上、枝梢上，挂满了长长的绒绒的绿胡须，偶尔有鸟被惊起，在树与树沉重的阴影间掠过，整个森林充满了神秘的阴暗的魔幻气氛。

最早上车的那位，似乎因为起得太早，渐生困意，他把目光从窗外收回，然后闭上眼，缩起脖子打盹。

后座中间的那个人，他将自己严严实实地包裹着，包裹得就像他怀里抱着的那个包裹。衣袖已经盖住了手背，但他仍戴着手套，脸上脖子上缠着布巾，头上又戴顶礼帽——藏区人常戴的那种羊毛毡礼帽，帽檐压得很低，你看不见他的眼睛，但能感觉到他的目光，它时时在盯视注意他的人。这个季节，虽然早晚有些冷，但他的穿着明显不合时宜。

天亮以后，阿黑阿瓦就在不住地通过后视镜往后看。他问那两个医院附近上车的人，看的是什么病，但每次那两个人都没有任何回应，他们只是紧搂着包裹，极力控制住随着车的摇摆而晃动的身体。

阿黑阿瓦后来就把自己那边的窗玻璃摇了下来。

森林中带着浓稠湿气的凉风灌进车内。

① 路上　同行者

017

我回头望了望后座中间的那个人，怕他冷，就对阿黑阿瓦说，换下新鲜空气就关上吧。

车里并不热。

阿黑阿瓦又看了眼后视镜，说，把你那边也摇下来。

我不明白阿黑阿瓦这是什么意思。

阿黑阿瓦催促道，快摇下来，车窗都摇下来。

我只好把车窗玻璃摇了下来。山风如一大群疯狂的飞鸟，它们扑棱着翅膀从左边的窗涌进来，呼啦啦呼啦啦地在我面前穿过，又从右边的窗钻了出去。

越来越难走。车有时只能以每小时十公里的速度行驶。

一阵雨过后，又来一阵雾。

无尽的泥泞令人绝望。泥泞里藏着石头，车底盘刮在石头上嘎嘎响。

车窗里不再有风进来。车里沉闷异常。

阿黑阿瓦的脸上冒出了汗珠。他一边要盯着路面，看清路线，一边又要不停地扭头快速去观察前方路两旁的陡坡。

车里不时响起清脆的呼呼声，是坡上掉落的碎石打在了车顶上。每有呼呼声，阿黑阿瓦都试图加快车速，但每次只要他稍一加大油门，车便失控蛇行。

车顶再一次响起接连不断的呼呼声，这回阿黑阿瓦没有加油门，而是通过后视镜瞄了一眼后座上的人。

后座中间那个人仍严严实实裹着，而他两边的人都敞开怀，撸起了袖子。

阿黑阿瓦抬臂擦了下额头上的汗，然后突然大声对后座喊把车窗玻璃都摇下来。就在这同时，汽车方向猛一飘忽。

车轮滑入了泥槽。

阿黑阿瓦使劲打方向，并用力踩油门。发动机发出沉重的轰鸣，但车身始终在原地摇摆，并不往前。

阿黑阿瓦下了车，一把拉开后车门，"叫你把玻璃摇下来摇下来。"他一边有些气急败坏的这样说，一边自己去摇车门上的玻璃升降摇把。

阿黑阿瓦用力摇了好多圈，但玻璃仍然没有降下来。

"不能停在这！不能停在这！"后座上的人朝阿黑阿瓦喊。

这时坡上的碎石更密集地往下落，不远处的路面上出现了较大的石块。

我也催阿黑阿瓦赶快想办法让车离开这儿。

所有人都下了车。

一直在打盹的那个人，下车就用胳膊护住头，然后弯腰沿着路边往前跑了。我和另外两个人立刻也跟着他跑。

"不要跑，推车。"阿黑阿瓦喊。

所有人又站住。跑得最远的那个仍在用胳膊护着头，他转身看了看阿黑阿瓦，又抬头朝坡上望了望，然后一扭身继续往前跑了。

我和另外两人也望了望坡上。坡上往下落的碎石越来越多，有的已经滚到脚旁。

我看见那两个人相互对视了一下，然后往回走，浑身裹着的被另一个搀扶着。快到车前时，浑身裹着的人脚下一滑摔倒在地上，另一个又把他从泥浆里拉起。

我也朝车走过去。

那两人直接到了车后。浑身裹着的人将身子戗在车上，他就像根棍子，顶着车屁股。

阿黑阿瓦坐进车里。车咆哮着，四个轮子飞速旋转，泥浆像井喷般甩出，它先是左右不停地摇摆，然后就在原地一动不动了。

浑身裹着的人从车后站起身，他摇摇晃晃着绕车观察一圈，然后在路边选了块石头，并将石头塞到左后轮前方。他又示意我与另外那人也都到车的左后。他再次将自己的身子戗在车上，并一点点往下弯曲，最后他的身体像一张绷紧的弓，死死抵在车屁股上。

浑身裹着的人吼着号子，他让阿黑阿瓦随着号子的节奏加油。

落石砸在路面上，泥浆被溅得很高。

随着号子的节奏，车前后悠着。当第四声号子起时，伴随着一阵剧烈的发动机轰鸣，车身先是往上一弹，接着便如一只跃出陷阱的鹿，向前窜去。裹着的人一头栽进了泥坑。

直到认为安全了，阿黑阿瓦才把车停住。

我上车时，最先跑开的那个人已经坐在他原先的座位上。另外两人，也正互相搀扶着朝这边走过来。

就在这时，从那两人的身后传来了闷雷般的阵阵轰鸣，路面也随之晃动。

阿黑阿瓦几乎和我同时下了车。

只见刚刚陷车的那段道路上方，整个山坡都在往下移动。山坡移动并不快，只有石头竞赛似的在缓缓滑动的山坡上飞速地弹跳着向前狂奔。

坡顶上，升起了蘑菇云一样的烟尘。

一股如同火山口漫溢出的岩浆似的泥石流，越过公路，涌入了森林，一棵棵高耸挺拔的树木纷纷倒伏，它们倒伏时，发出巨大的惨烈的连绵不绝的响声。

那两人先是往前快跑几步，他们显然是被身后的这一幕吓着了，但很快他们又停住脚步。他们转身望着这一切，然后跪下。

被活埋的麻风病人

到达"九一五"（地名）时，有一个人下车。

在到达水洛乡之前的一个路口，另外两个也下了车。分手时，阿黑阿瓦和他俩双方似乎都有话想说，但又都欲言又止。

阿黑阿瓦把车开进溪里，将车门全都敞开，然后从后箱拿出一只塑料桶，用桶舀水往车里冲。水直接倾泻到座位上、脚踏处，水花迸溅，再汇成水流，从敞开的车门流回溪里。

冲洗完毕，将车开到岸上，阿黑阿瓦又从驾驶座下抽出一把银柄的砍刀，进了路旁的树林。

过了好一阵子，阿黑阿瓦才从树林里出来，手里抓着一把植物枝叶。

他先用打火机点着了唇上叼着的烟，然后再去点手中的枝叶。

他握着冒着白烟的枝叶在车里晃绕，让白烟弥漫到每个角落。

重新出发时，车里充满了一股奇异的清香。

阿黑阿瓦刚刚所做的一切，我怀疑和那个浑身裹着的人有关，但我没有去问他。

直到走出很远，阿黑阿瓦似乎觉得有点沉闷了，于是才说话。他说，那个人肯定是个麻风病人。

阿黑阿瓦的话并不令我吃惊。这一带的人对麻风病有着异常的恐惧，他们也往往会将一些自己所不了解的疾病，怀疑成麻风病。有一年秋天在瓦拉扁，由于当时村里的男人都去集上卖牛了，所以收割苦荞就人手不够。一天公布家请人来帮忙。帮忙的人里有一个包裹住头脸的人。收割季节吃饭都是在田头。每次吃饭时，公布家会将一份饭远远地放在一边，包裹住头脸的人就去那吃饭。有一次我坐了那人坐过的地方，所有人便立刻惊恐地朝我看过来，像发生了一件天大的事那样，有人急忙冲过来，一把将我从那拉开。他们用树枝或是麦秆在我的屁股上、身上抽打，嘴里还不停地念叨着什么。我想那个人一定也被他们认定是麻风病人了，虽然他患的可能只是一种普通的村里的人却不了解的病。

洛克在《中国西南古纳西王国》里也讲过一段七十多年前发生在这块土地上的令人毛骨悚然的故事：

① 路上 被活埋的麻风病人

这个区域除一个麽些土司外，还驻扎着一个区长，然而他们两人却不能阻止活埋一个麻风病患者的做法。

患者是一个男性，患麻风病很重，他的亲戚决定把他活埋。把他送到一个多草的小山上，伴送的人不但有他的亲戚，也有许多同村邻里，因为在这样一种场合，总是一个宴饮的机会。事先宰杀一头公牛，剥掉皮，把这张湿牛皮牛毛向下，铺在多草的小山顶上，让麻风病患者坐在牛皮的中央，给他饱餐牛肉，并给他喝大量的谷物酿制的烈性酒，使他致醉。亲戚和朋友们都饱餐牛肉并喝大量的酒。人们在距麻风病人所坐的牛皮不远的地方挖好一个大的圆坑，病人已处于昏迷状态。

人们准备一个大木桶，放在圆坑附近。然后，亲戚们围着牛皮和病人坐下，开始表述他们的哀痛，告诉他离开的时辰已经到了，因为没有任何办法摆脱病魔，他只有离开他祖先的这块土地。他们一面痛哭，一面呼号，并大口地饮强烈的酒以麻痹他们的感情。可怜的麻风病患者也不得不参与这肆意的饮酒，让他饱餐痛饮事实上就是给予他安慰。饮宴结束后，把最后一杯溶了鸦片的酒递给可怜的麻风病患者，他的最后时辰已经到了。

当他吞饮下这毒酒后，亲戚们马上跑到牛皮的四个角，在他断气以前，他被扎起缝在牛皮内。有一点对他们来讲很重要，即病人在用牛皮捆扎好之前不能死掉。然后人们很快地把他抬起来再放入木桶里，又把木桶放进地上预先挖好的坑中。七手八脚，人们动手，因为他必须在牛皮里气绝之前被活埋掉。木桶被很快盖上，上面除了倒扣一口煮饭锅以外，都用泥土把坑填满，继而村里的"毕摩"（巫师）诵念传世手写本上的一段经文，题目为"呹奴迪呹奴勃呹奴古雨"，其意为"关闭麻风魔鬼（或邪神）的道路"。这个魔鬼名叫呹奴，于是念咒召请剌沙神，他是唯一能够震慑呹奴即麻风鬼的神，当埋麻风病人的时候请他关闭魔鬼的路。他们认为，如果这个患者在牛皮扎好以前或安葬以前就已断气的话，那么魔鬼就会逃回到村里，使他的亲戚又患麻风病，因此有把麻风病人活埋的习惯。当埋葬完毕，所有的人就各自回家了。

"那个人肯定是麻风病人。"阿黑阿瓦又说。

我说也不一定。

阿黑阿瓦不再吱声。

① 路上　被活埋的麻风病人

丹珍的小店

昨天晚上，直到天黑，才在路边找到一家客栈住下。今天天刚亮，阿黑阿瓦就嚷嚷着要到丹珍家去喝茶。

去丹珍家要往回走两三公里左右的路。

丹珍是藏族姑娘，长脸，黑黑瘦瘦的，牙很白，笑的时候特别好看。

丹珍在路边开个小杂货店，还卖烧烤。小店附近有搞水电的工地，工地上的人都到拉姆这来买东西，晚上也会来这吃烧烤。

昨天，阿黑阿瓦一路上都在念叨晚上要住丹珍家。

在离丹珍的小店还很远时，阿黑阿瓦就又鸣喇叭又放音乐的。

到了小店面前，只见小店里站的是位小伙子。

阿黑阿瓦犹豫了一下，但还是停了车，然后下车朝小店慢慢走过去。

这时，丹珍从离小店不远的另一间木屋里走了出来。

阿黑阿瓦就急忙和丹珍打招呼，他大声说车没油了，要借个桶给车加油。

丹珍愣了下，然后一低头转身又进了刚刚出来的那间小屋。等丹珍再出来时，她的手里提着一只长嘴的铁桶。

丹珍把桶递到阿黑阿瓦手里。

这一路上没有加油的地方，阿黑阿瓦在车上备着两桶汽油。他从车上取出一桶汽油，将汽油往丹珍递给他的长嘴桶里倒，然后再用长嘴桶往车的油箱里加。

阿黑阿瓦一边加油一边偷偷朝着丹珍那边看。

阿黑阿瓦把桶送给丹珍时，磨磨蹭蹭地轻声和她说了两句话。

临走时，丹珍朝着站在一边的我说："你慢走。"

离开丹珍小店后，阿黑阿瓦一直不停地酸溜溜地嘟囔："她对你说了你慢走，怎么就没对我说？"

之前，阿黑阿瓦并不知道丹珍刚刚结了婚。丹珍的丈夫，就是店里站着的小伙子。

最后我们在离丹珍家两三公里外的一家路边客栈住了下来。

阿黑阿瓦翻来覆去一夜睡不着。天一亮，他就要去丹珍家喝茶。

到了丹珍的小店，丹珍的丈夫已经出门去了。

① 路上 丹珍的小店

丹珍打酥油茶给我们喝。

我们还吃了丹珍的油粑粑。

临走时,丹珍对我说了声"你慢走",然后她也对阿黑阿瓦说了声"你慢走"。

这回,阿黑阿瓦的心情一天都很好。

树坝

傍晚时分，到达树坝。

远远就望见有一群人围在路中间。见我们的车过来，这群人就又朝着我们车围过来。

被人扶着走在人群中间的那个人，面色苍白，神情痛苦，右手将左手紧握在胸前，血正从他的指缝间流出，两只衣袖都已被血湿透。这人叫石文龙，怀抱孩子紧跟在他身后的那个女人，是他妻子朱长桂。朱长桂两眼慌乱地在每张脸上来回扫着。

某公益组织出资给村里的小学建校舍，但建校舍的钱里并不包括人工费用，建校舍得村里出义务工。石文龙会木工，被村里派去剖木头。就在刚才，出了事故，石文龙左手的中指与食指被锯断。

① 路上 树坝

有人到江边水电站的工地上联系了一辆皮卡车,准备将石文龙送出去。

所有人都在催皮卡车司机赶紧上路。但皮卡车司机一直在犹豫,他怕开夜车危险,另外也不知道路上有没有塌方。

我们的到来,证明了这条路走得通。

皮卡车司机表情复杂地坐进了驾驶室。人们又簇拥着石文龙朝皮卡车走去,并七手八脚地将他扶到副驾驶的位置上。

石文龙的妻子朱长桂也想往车上挤,但被边上的人拽住,大家劝她不要去,孩子太小,这一路吃不消。

阿黑阿瓦走过去对皮卡车司机说:"路很难走,夜路你更要小心。我们过来时遇到了塌方,不知道这两天能不能修通。"

阿黑阿瓦的话,几乎完全被乱哄哄的争论声掩盖。他们最后决定说,就往西昌赶吧。

皮卡车朝着暮色中驶去。

峡谷和天空越来越灰暗,只有弯曲的水洛河愈加明亮起来。

树坝只有几户人家,但户数不多,民族不少,这几户人家里包含了藏、蒙、普米、纳西等好几个族的人口,石文龙和妻子朱长桂是这儿仅有的汉族人家。朱长桂在树坝开旅馆,旅馆两间房,每间房两张床。树坝极少有外人进来,偶尔有到水电站工地办事的人,会在旅馆住一晚。

晚上我们就住朱长桂的旅馆。由于一路太辛苦,我刚躺下就睡着了。

半夜被吵醒。发现整个世界都已陷落在一场巨大的轰响里。我慢慢分辨出这轰响是暴雨倾泻在屋顶发出的，那么轰响里包裹的另一种急促而又节奏鲜明的哐哐声又是什么？

就在我刚刚意识到有人在敲门时，门已经被阿黑阿瓦打开。

朱长桂一手揽着孩子，一手握着电筒，浑身湿淋淋地站在门外。她大声说着什么，但雨水和江水的交响完全掩盖了她的声音。见我们一脸茫然站在那，朱长桂就冲进屋，将我们朝外推。

路面上的水淹过了脚腕。水里很多乱石。

我们跟在朱长桂的后面走，雨水浇在身上令人直哆嗦。在一棵树下，朱长桂停住，说这里安全，就站这。她必须声嘶力竭地喊，我们才能听见她说什么。

她说山洪带着石块往下落，我们的房间就对着山洪，一开始山洪小，她没叫，后来山洪越来越厉害，坡上也开始有大的石头往下落，她才拼命拍我们的门。她怕房子会被石头砸到江里去。旅馆就在路的靠江那侧的悬崖边。

一小时后，雨变小。又过一小时，雨停了。

就在我们准备回房间时，朱长桂突然哭了起来："石文龙啊，你这一路上怎么样啊……"

打翻的茶碗

树坝往南三四公里有个渡口，是去俄亚的必经之路。

通往渡口的是一条在峭壁上刚刚开凿出的简易路，路面几乎与车身同宽，左侧是岩壁，右边是深谷，谷底翻滚的江流与路面间是垂直落差近百米的悬崖。上车之前，阿黑阿瓦先到路上作了观察。当他神情严峻的发动汽车时，我能感觉到他对这段路的畏惧。

出树坝村口几十米就上了这段路。阿黑阿瓦尽量将车贴着岩壁走。岩壁和路面交接处凸起许多犬齿般锋利的石头。尽管阿黑阿瓦小心翼翼，但才走出几米，就听噗的一声，车身随之一偏。阿黑阿瓦一脚踩住刹车，两手牢牢握着方向盘，一动不动。

等凝固的空气重又消融开来，我和阿黑阿瓦几乎同时望了对方一眼，然后又同时深深舒口气。

左前轮胎豁开一道半尺长的口子。

"还记得早上喝茶时发生的事吗？"察看完轮胎，阿黑阿瓦又望了一眼谷底翻滚的江水，然后这样问我。

早上，由于朱长桂家淹了水，她的邻居果吉旦支家请我们吃早饭。果吉旦支的妻子是摩梭人，打酥油茶给我们喝。接过果吉旦支妻子递来的茶碗时，我没有端稳，茶碗从手上脱落，茶水泼了一地。当时我并未意识到这有什么问题，但阿黑阿瓦的问话让我回想起茶碗落地的那一瞬，在座的所有人都立即停止了交谈，他们的目光齐刷刷地看向我，而阿黑阿瓦脸上的表情更是古怪。

"如果是平时在家，一早上打翻茶碗，那么就不会再出门了。"阿黑阿瓦说，"现在好了，坏事情过去了，不用担心了。"他像是要安慰我，朝我笑着，洁白的牙齿在阳光下闪闪发光。

过了一会儿，阿黑阿瓦又略带愧疚地对我说："只能送你到这了，"他指着前方，"沿路一直走就会到呷波渡口，从渡口过江，俄亚很快就到了。"

"那辆开往西昌的车，估计现在到哪了？"临分手时，我也不知怎么就问了阿黑阿瓦这个问题。

阿黑阿瓦瞪着眼睛看我，又像没看我，他沉默了一阵，然后过来紧紧搂了下我的肩膀。

即将转过山脚时，我回头，看见阿黑阿瓦还站在那朝我望。我向他挥了挥手，然后继续朝渡口走去。

① 路上 打翻的茶碗

033

县城通往乡村的路上。

河边的山路

木里病人

屋脚乡的孩子

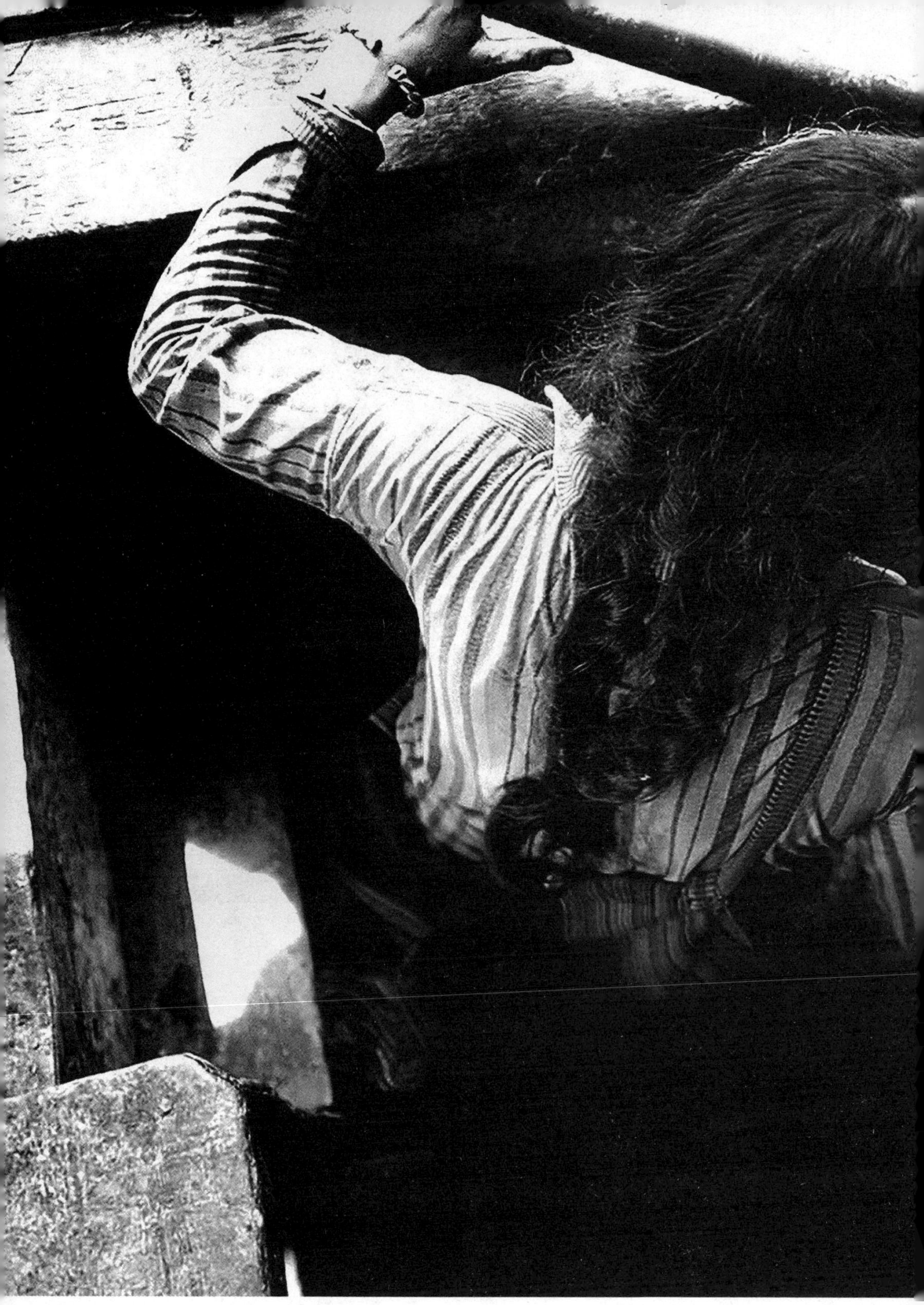

大村瓦才家的楼道

站在地里的拉姆

②

俄亚

※

瓦克戈启传说

※

大村客栈

※

加阿的讲述

※

瓦才

※

朗布若的讲述

※

松点阿学的葬礼

瓦克戈启传说

"村子的居民都是过去防守那些区域的纳西士兵的后裔。"俄亚大村的建筑形式印证了洛克的这一说法。大村由两百多幢依山而建的平顶碉楼组成，碉楼与碉楼紧密相连，构成一个巨大的防御性建筑群，每家碉楼的顶部相通，非常便于战时人员结集。但关于俄亚的起源，却还另有传说。

老彭的讲述：

几百年前，丽江木天王手下有个名叫瓦克戈启的管家，他特别喜欢打猎。有一次瓦克戈启追赶着猎物，过了金沙江沿无量河一路来到俄亚。看到这里到处是森林，有各种飞禽走兽，他就想在这里定居。

瓦克戈启爬上艾纳窝，艾纳窝是大村左前方那块大的石头，独石成山（说到这，老彭探了下头，透过窗子他就能看见不远处的一个山包，然后他指着山包），喏，那就是艾纳窝，纳西话是：老鹰的头。瓦克戈启发现这片地势像一只展翅的老鹰，自己站立的山包就是往前伸着的老鹰头，山包后面向两侧展开的山坡则是老鹰的翅膀。

　　（老彭恢复到了原先的姿势）艾纳窝上有棵小树，瓦克戈启把装满箭的箭囊挂到小树的树梢上，小树一下就被压弯了。瓦克戈启心里想：我要来此地居住，如果神灵答应我，那么明年我再到这里时，就让这棵小树直立起来。

　　一年以后瓦克戈启又来到这里，他看见挂着箭囊的小树直立着。瓦克戈启心里十分高兴，他把带来的荞麦种和圆根种撒在艾纳窝下的土地里，心里说：如果神灵同意我在这里居住，就让荞麦丰收，就让圆根长得有人头那么大。

　　一年之后，瓦克戈启再次来到这里，他看见地里荞麦金黄，圆根长得个个比人头大。瓦克戈启便下决心搬到这里来居住。他还从丽江带来了另外三个人，一个是东巴，名叫多塔（东巴是可以和鬼神对话的人，掌管纳西人宗教祭祀等活动。东巴多塔家的后裔东巴龙端至今还记得他的祖先是丽江金山坝人）；一个是马倌，名叫旺莫；还有一个羊倌，名叫加黑次里。瓦克戈启（后改"木官"）家，和多塔家、旺莫家、加黑次里家，就是俄亚大村最早的四户人家。

　　瓦克戈启用石头和木楞在艾纳窝——鹰头上，建起碉楼。至今二十七代。这期间又陆续从外地迁来一些纳西、藏、白、汉等民族人家，他们在艾纳窝后面的坡上建房住下，这些人家后来也渐渐融合为纳西族。瓦克戈启因为是最早来俄亚开发的，他家也就成为俄亚世袭头人，被尊称为"木官"。

木官家统治俄亚一直到一九五几年，最后一代土司木官达江作为统战对象后来被弄去了县城。

俄亚现在有两百户人家，三千多人口。

老彭再次探着身子去看窗外的艾纳窝，鹰头，那座巨石，俄亚历代土司的居处。它的四边的悬崖上，长满了高大的仙人掌树。

老彭是俄亚大村客栈的老板。

大村客栈

正值雨季，大村客栈前的龙达河日夜奔腾，发出轰隆隆轰隆隆的咆哮声。外面的人刚进来，就像得了严重的耳鸣症，什么都听不清，也无法入睡。而对老彭一家来说，这轰轰隆隆的水声根本不存在。开始，一和老彭说话，我就大声喊。老彭非常奇怪，你喊什么啊？也是，只需正常音量说话，他完全听得清。他一家都听得清。狗的叫声，鸡的叫声，鸟的叫声，还有石缝里的虫鸣，他们每一样都听得清。

过去，每到雨季，龙达河会变宽，大村脚下的卵石滩就被水淹掉。但几年前，大村脚下的这段河面被两道石砌坝墙牢牢管束住，那片卵石滩不会再被水淹，上面后来建起了小学校。

大村客栈就在小学校旁，紧挨着河边。大村客栈有四间客房，但常年空着，老彭主要靠小卖部挣点钱。老彭1994年在木里县高中毕业。当年考中专，超过分数线十三分，但由于拿不出报名费，他就回家了。

老彭：

  当时俄亚中心学校缺老师，我就去代课。代了三年课。每天三块钱的工资。每天六节课是满的。校长说我包你第一个转正。我又天天再给学生补课。后来县政府出文件，说不要代课教师了。就解聘了。
  挖了几年金。年年挖亏。
  没办法，带着婆娘又去学校当炊事员。一天十元，做了三年。
  后来开了大村客栈。

雨季每天都有一场雨，龙达河河水暴涨。龙达河在下游十几公里处和水洛河合到一起，成为冲天河。这几天整个水洛河流域都在传播一个坏消息：水洛乡一户人家四岁的孩子失踪了。

有人认为孩子是被河水带走了，就像以前曾经发生过的同类事件一样。但如今更多人则认为孩子是被人带走了，河边那只孩子的鞋，是偷孩子的人用来迷惑孩子家人的。据说就在孩子失踪前的两个小时左右，有一辆皮卡车从他家边上经过。这几年，水洛河和龙达河上出现了多处修水电站的工地，这些工地通过极简易、危险的工程用公路让原本闭塞的山村与外界有了一丝连接。人们对公路和公路那头的世界既充满好奇，也心怀恐惧。

天没亮，就听见有人在诵经。诵经人住隔壁。大村客栈隔音不好，或者说没有隔音，房子是原木摞成的，房间与房间只隔一排木板，木板间的缝隙，可以塞进手指，眼睛不用凑近板墙就能透过缝隙瞧见隔壁的动静，跟一个房间没多大区别。

昨夜客栈住进二十来个客人，空了多日的客房一下子都住满了。这些人里有一半是妇女和孩子。其中还有一个喇嘛。天一亮，他们就起床聚集在走廊，要了几壶开水，每人冲一碗快餐面吃起来。喇嘛喝的是老彭给他打的酥油茶。吃好早餐，这些人就鱼贯走出了客栈的门。他们是由几个家庭组成的朝圣队伍，从麦日出发，经洛水、宁朗，沿水洛河一路而来。这些人今天向西行，朝日瓦、稻城方向，他们最后的目的地是贡嘎山。吃饭时老彭这样对我讲。

老彭几乎知道附近所有村庄里的所有人家的事，每家一年地里产多少粮，收多少蜜，养多少羊，甚至有几只鸡，他都知道。谁家丢了马，谁家吵了架，谁得了病，谁家姑娘正在和谁家儿子好，他也知道。

每天傍晚，有各种各样的人，他们都背着相同的化肥袋，鼓鼓囊囊的，走进大村客栈。这里的人总是把自己弄到的东西先拿到老彭这里。

妇女身后跟着孩子，孩子同样背着袋子，袋子里有时是花椒，有时是松茸，孩子的脸上手上衣服上都是污渍，但他们袋子里的东西个个鲜亮。在过秤之前,老彭要将花椒里的树叶拣出来,或者松茸上的污点,每一颗松茸上的每一个污点,用刀片刮去,就像在雕刻一样宝贝。妇女和孩子们会和老彭一样,拿起边上的刀,去刮自己刚刚从森林或山野中采来的松茸上的污点。等拣干净了刮干净了,老彭就再将货按照不同的大小,或好坏程度(只有老彭知道),分成不同的等级,一一过秤,不同等级不同价钱。

男人们则是沉默着看,沉默着看老彭将自己袋子里的东西倒出来,沉默着看老彭拨弄这些东西,沉默着看老彭过秤,老彭会将秤杆往他们的面前有意伸一伸。老彭从身上斜挎着的黑色人造革包(他随时随地都背着)掏钱的时候,也会吸引他们的眼光。每次老彭都要用很长时间才能掏出一把钱来,都是灰色的甚至黑色的零钞。老彭会将零钞先在手里整整齐,然后再将右手的食指在嘴里湿一湿,他每点一张,嘴里念一声。

卖货的人从老彭手上一把抓过钱,也不清点。虽然老彭一再要他们点点,点点,但他们只将钱攥在手心,或者揣入怀里。

女人拿到钱后,会再进到老彭的小卖部,在那里挑几样家里急需用的东西,或者是给孩子吃的糖果,那种裹着亮闪闪彩纸的糖果。男人拿到钱后,也进小卖部,他们买啤酒喝时,还会多买一瓶送给老彭。然后他们将蛇皮袋夹在腋下,在轰隆隆的水声里,走出客栈的门。门外这时往往已是漆黑,也常常都在下雨。他们不打伞,也不穿雨衣。

不同的季节,老彭收不同的货。刚刚捕获的麂、野猪,甚至熊，也是平常货。但也有人会背不寻常的货来。

老彭的故事：

一天，有个山里人背着沉甸甸的蛇皮袋来到大村客栈。

来人我不认识。

他也不说话，就把肩头上的蛇皮袋一下放到我脚下。蛇皮袋着地的时候，我能感觉到里面的东西很沉。

这山里没有我不认识的人，但他我不认识。我一边猜测这人是谁，是从哪里来，一边弯腰去解蛇皮袋扎口。袋口是用藤条扎的，这种又细又软的藤条只在山顶的崖壁上生长。

我就想这袋里装的应该是山顶上的货，岩羊，麂，或者是善于攀爬的山猫什么的。我喜欢用这些新鲜的肉来做"夏达"。"夏达"是我们这里的人爱吃的一种食物，就是用新鲜的肉，牛肉，羊肉，麂肉都行，切碎，再放在石臼中捣烂，然后加点辣椒、花椒、食盐等作料，可以根据各人口味添加不同作料，最后冲入凉水搅拌，搅成稠糊状，倒在碗里直接喝。"夏达"很凉爽解乏。

等解开藤条，撑开袋口一看，我皱起了眉头。

袋里装的不是岩羊肉，也不是麂肉，更不是山猫肉。这是一种很白的接近透明的肉。我也不认识这是哪种动物的肉。

在这方圆几十里内的人家，没有我不认识的人。按理说，如果他是从更远的深山里来，我不认识他也正常。但他背来的肉，我竟也不认识。这让我有点恼火。

我不认识的，也就是等于这里再没有人认识了。

这人自己也说不出这是什么动物的肉，他就是把价格开得很高。

我虽然识不出是什么肉，但我能感觉到这是好货。但再好的货，价格不合适也不能买。

我不买，就等于没有人会买。

那人又扎好袋口，出了客栈。他就蹲在河边上，那袋肉放在脚旁。

他也不吆喝。

淋了几场雨，又晴了几次天，他就这样蹲那。

我给他递过几次水喝，还有一点吃的，每次都问他便宜了卖不卖。

不卖。

等到第三天，一股恶臭弥漫开来，整个大村都被这味道浸透了。

当大家知道这臭味是来自那人脚旁的袋子里时，就都蒙住口鼻，来赶他，要求他背起袋子离开。

他离开了。

但那味道仍然在大村停留了一天才消散。

后来听说那人把那袋肉埋在路边一棵松树下了，他则往山里去了。

第二年，那棵松树就从碗口那么粗一下变成了腰杆那么粗，高了近两米。

我很后悔当时没有买下那肉，就是借钱也该买下。
那肉是宝，一定会有神奇的作用。
我以后再也没见过那人。

来大村客栈的，有各式各样奇奇怪怪的人。他们带来的东西，也常常是奇奇怪怪的。

加阿家住在大村客栈的后面，加阿也常来大村客栈，有时他会从这些奇奇怪怪的人手上讨要到一点自己所需的草药。

加阿的讲述

我叫加阿,俄亚大村一组人。

我四肢疼痛,下肢瘫痪。什么地方都去不了,也干不了农活。

我没有一分钱,没钱去医院看病,就找一些草药来吃。

我一直吃草药,就这样已经十多年了。外面有人来贩卖中草药的时候,我会去讨一些。

痛得厉害的时候,我四处去占卜,求神。

他们告诉我,说我是中邪了。

法事也做了不少,也好不了,于是我继续做法事。我家困难到了极点,我也只能病急乱投医,求助鬼神。

以前四肢不痛的时候,我什么农活都能干。在合作社的时候，我就是一个干活能手。

实行家庭联产承包制之后，家里的家务、地里的农活我都做。那时孩子还很小。我什么活都会去做，能砍柴，能喂马，能种庄稼。只要是农活，我都能做。我不是一个懒人，也不是一个不会做事的人。

现在，我连给家里人煮点饭都很困难。请原谅我的失态，我不应该哭的，可是我的眼泪实在是止不住。我得的到底是什么病？我成了一个手脚不能动，只有嘴能动的废人了。

我病得很重，但还不能死，我的孩子都没长大成人。

家中没有赚钱的人。我哪里也去不了，我的命运很糟糕。

我还没有到死的年龄，我也真的不想死。俄亚乡东南西北长的草药我都尝过了，可是（**对我的病**）都没有效果。

我等着，也许有一天会有人带来神奇的药，能治我的病。

瓦才

老彭从小卖部拿了两瓶白酒，然后往大村走去。

昨天大村死了人，死者的儿子瓦才是老彭的朋友。

进出大村有三条巷子，瓦才家在大村的中心，老彭从中间这条巷子进村。大村没有下水道，各家各户的污水和生活垃圾，以及牲畜粪便等都直接会被雨水冲到窄窄的巷子里。

巷子里铺着一层厚厚的垃圾，污水漫溢，苍蝇乱舞。老彭挽着裤管，他一手扶着巷壁，尽量把脚踩在垫高的石块上走。

快到巷子一半时，一群人迎面而来，老彭刚准备贴到墙根让路，就发现人群中间被搀扶着的那个人正是瓦才。

大村有个习俗，谁家有人逝去，村里每家每户都会将死者的亲人请到家里吃顿饭。

瓦才被请进了一户人家。

老彭也跟着瓦才走进了这户人家。

吃饭只是一种象征性的仪式。在火塘边坐下，主人先向瓦才敬了一碗黄酒，再烙一张"巴莱"（麦面饼）递到他手里，然后主人对瓦才说些安慰的话。

瓦才也会讲一些父亲死亡前后的事。主人家和老彭坐在一旁听着。

瓦才的讲述：

　　自从去年生病，父亲就觉得很不舒服，到了二月份，他觉得胃很痛，可是痛也没有钱治，就随便找来点药给他吃。

　　外面的大医院也去不了。家里没有钱。去大医院听说要花很多钱。我没有钱，没有办法送他出去。

　　到了三四月份，他病情一下子加重，饭也吃不了了。

　　他就说，这下就不用再送他出去看病了。

　　饭吃一点吐一点。

　　他要什么我给什么。说什么好的也没有。就给点糌粑汤，玉米稀饭。最后他连糌粑汤都不能喝了。

　　病情越来越严重。请医生（乡卫生院的医生）也没有用，医生说都到吃不了饭的地步了，没有用了。这样到了六七月份。

　　我睡在他身边半个月。

后来他话也说不了了。

到了七月中旬的一天，大概也就白天的这个时候，他去世了。

就这样让他死了，心里很内疚。

（父亲）很可怜。

瓦才的父亲松点阿学的葬礼要在四天后举行。

老彭对瓦才说了几句安慰的话，就先回来。

回的路上，老彭又拐进了另一条小巷，他要顺便再去看望另一位朋友——朗布若。大村用巷子划分成几个组，朗布若家在四组。

朗布若病了很久了。

朗布若的讲述

我不知道我得的是什么病，用我们纳西话来讲，我现在的样子应该是犯着山神了。

我得病的经过是这样的：我女儿嫁在村子那边，那天她家给孩子取名字，叫我过去喝黄酒。喝完黄酒出他家门的时候，我的大腿后筋就好像被刀割了一下似的。我差一点就倒下去了，但是我没倒。我感觉有什么事情要发生。

然后我就回家了。

到家以后也没有发生什么。后来我去了屋顶，在从屋顶准备下到地面的时候，就突然走不了了。我大声喊家人，快上来帮我，我走不了了，渐渐的我就意识模糊了。

因为我的病，我的一家人都遭了罪，他们把我送去西昌，治了两个月，这样我才活了下来。

两个女儿出嫁了，我就指望我一个儿子。我去医院治病的时候，儿子在村里四处借钱，加上家里卖了一些牲畜，总共凑了两万四五千，就这样去了西昌看病。用完这个钱之后，就没有钱继续交押金了，医生告诉我们说，就这样吧，你们可以回去了。于是我就拖着只剩半条命的身子回家了。

突然得了这个病，我手脚动不了了，眼睛也看不清楚了，好像就成了一个废人一样，心里很慌张。

平时我也是很努力的一个人，但是再努力我们农村人家中也不会有什么家产。家中现在穷的是连灰都没有。我成天这样待在家中，愧对老婆和孩子。

年龄渐渐变大，好转的希望也一点点没有了。我的半边身体已经失去了知觉，手脚触地碰墙都感觉不到什么，走路就像醉汉一样。虽然意识是清楚的，但是手脚不听使唤。

我这个年龄不应该这样待在家里，我应该出去干活，我不是待在家里的那种窝囊废，跟我一个年纪的人现在都在做着事，养家糊口，我为什么就要整天在家里，让老婆孩子来养活？

松点阿学的葬礼

几天后，老彭去参加瓦才父亲松点阿学的葬礼。

很远就能看见，瓦才家门前悬挂的那只动物的尸体，由于腐烂变形，已辨认不出那是什么动物。门前悬挂动物尸体是当地人的一种习俗，常见的是猴子尸体，或者是牛头，以及把马、羊脸皮等钉在门楣上，他们认为这样做可以驱邪避灾，保全家人健康平安。

瓦才家的门离地面有两米高，没有台阶，通过一根独木梯进出。

老彭手脚并用着进了瓦才的家。

屋里闷热不通气，有一股腐臭味。

一个蓬头垢面的女人一手提着酒壶，一手端着酒杯，给老彭斟酒。亲人去世，女人要等到去世亲人火化后才可以洗脸梳头，这也是大村习俗。

老彭接过女人递来的酒，一口气喝完，然后挤入人群。

死者身穿新衣，头戴礼帽，坐在火塘边，他的前面摆着两只白海螺，还有三杯酒、两盘点心。有老者用燃着的松枝，在屋里各处照绕，用白烟驱散腐尸的味道。松烟熏得人睁不开眼睛。

身着盛装的东巴们，伴着鼓声、螺号声，从房顶边舞边跳来到屋里，他们在死者面前唱经转圈，动作缓慢，面无表情。

松点阿学火葬的时间是下午四点，这是由东巴根据他年龄、去世时间以及他的生辰八字等占卜掐算后决定的。瓦才已经为父亲的葬礼杀了三只羊，还宰了一头牛，这些也是由东巴占卜而定。牛被宰杀之前，由几个壮汉牵着，死者的亲人要一一向它磕头告别。

在离火葬还有一个时辰时，松点阿学被抬离了火塘边，他被移至外屋，所有参加葬礼的人都向他献上肉和酒，与他告别。

门外，两匹马已经等候很久，黑马驮着松点阿学生前的衣物，白马被装扮一新，它要驮松点阿学的灵魂。

突然枪声齐鸣，东巴们开始围着白马跳舞，他们的诵经声由低变高，由慢变急，节奏越来越快，他们在催促松点阿学的灵魂上马远行。

送葬的人手持松枝，送葬的队伍在长长的窄窄的石巷里行走。走在最前面的，是两位持枪开路的武士，武士身后是跳着降魔舞的东巴们，东巴的后面是几十个高举麻布旗幡的送灵人，松点阿学的尸体由八名男子抬着，所有送葬的人跟随其后。

　　松点阿学去世正值7月，按照东巴的掐算他的遗体要在家里停放五天。7月的大村相当炎热，下葬时松点阿学的遗体已经腐烂，送葬队伍就在一股浓烈的腐臭味里缓缓往前。

　　木里这一带的许多民族中都有保留遗体的习俗。我参加过的葬礼中，遗体在家保留最长的有三十一天，死者家就在离大村数十公里的瓦拉扁，死者名叫公布拉初。公布拉初的遗体被放在一个瓮里，瓮被严严实实地覆盖住，放在一间小屋角落。火葬那天的一早，公布拉初的尸体被从瓮里取出时，有浓烈的腐臭味。参加葬礼的人，不得不用棉花塞住鼻孔。公布拉初遗体保留的时间之长已经很令人吃惊，但据说这还不算最长，更长的有四十九天。

　　大村葬礼上另一个令人吃惊的行为是"抢尸"。从死者咽气到火葬这期间要有三次"抢尸"，第一次在死者咽气后的一个时辰左右，第二次在火葬的那天早晨，第三次在前往火葬地的路上。抢到尸体者会把尸体抱在怀里，在大村人看来，"抢尸"是对死者的尊重，这能给本人和家族带来福分。

　　抢尸只允许家族中身强体壮的小伙子参加，抢尸时，他们要争先恐后地扑在尸体上，而尸体往往是已存放数天，散发着强烈的腐臭味。抢尸行为令外人不可思议。而参加抢尸的，有人会在仪式后呕吐，每个参与抢尸的人也都会在之后大口吞咽烈酒。

　　火葬场就在大村的后山上。那里预先已经架好柴堆。

② 俄亚　松点阿学的葬礼

松点阿学被脱去衣裤,他赤条条地扑在柴堆上。在往尸体上投了肉,浇了油后,柴堆被点着了。

滚滚浓烟,直升天际。

俄碧村，病重中的卓玛

伊迪村的女人

刚刚被抬到俄亚卫生院的病人,以及他的家人

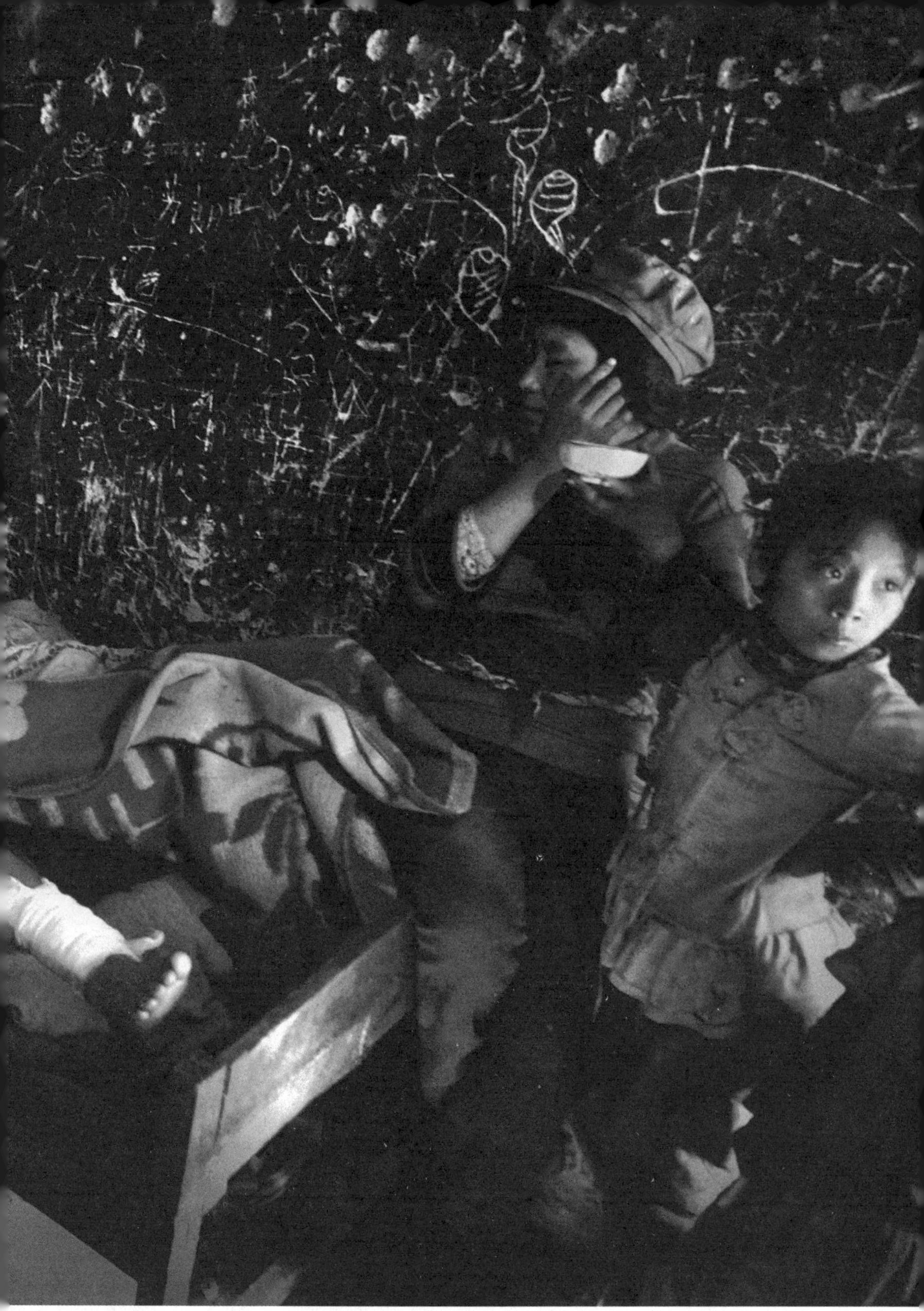

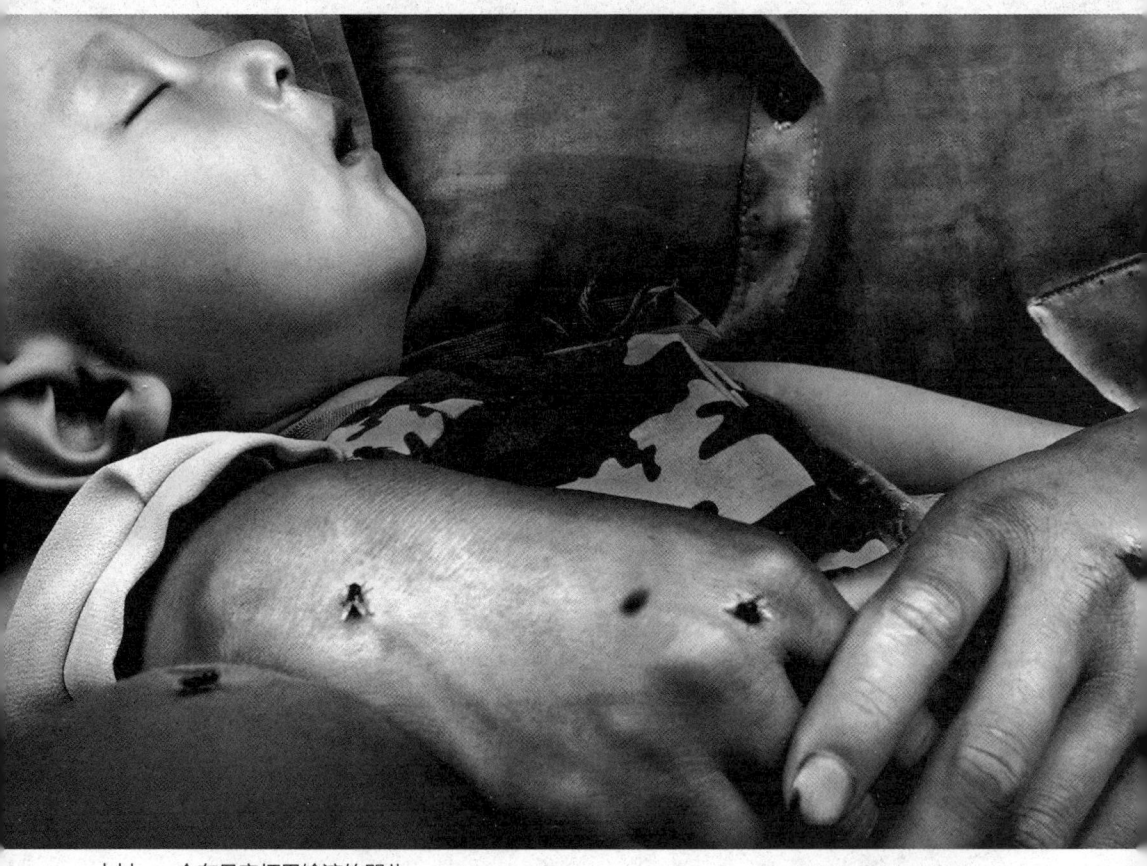

大村，一个在母亲怀里输液的婴儿

木里病人

利家嘴村的女人与孩子

俄亚大村一户人家的客厅

挖金人的黄金

阿帕家的女主人次二拉姆

俄亚卫生院里的病人

木里病人

俄亚乡卫生院里正在喝药的病人

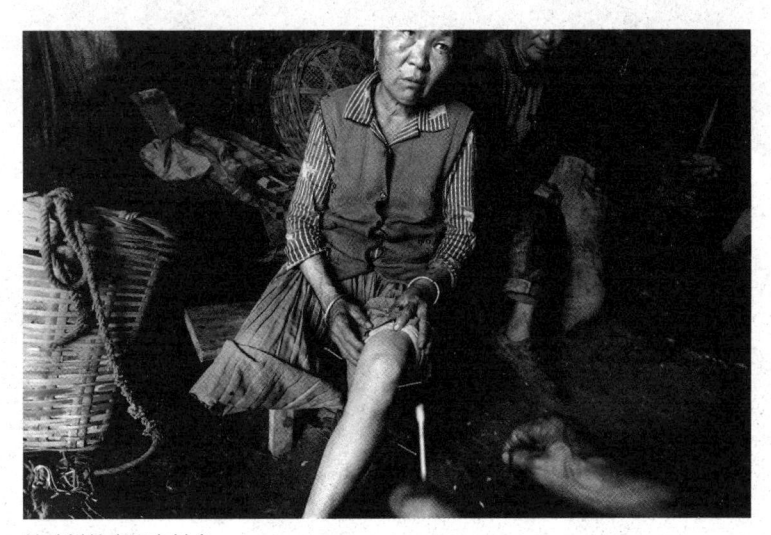

俄碧村的卓玛在针灸

俄亚卫生院里，一位母亲在安慰病中的大儿子

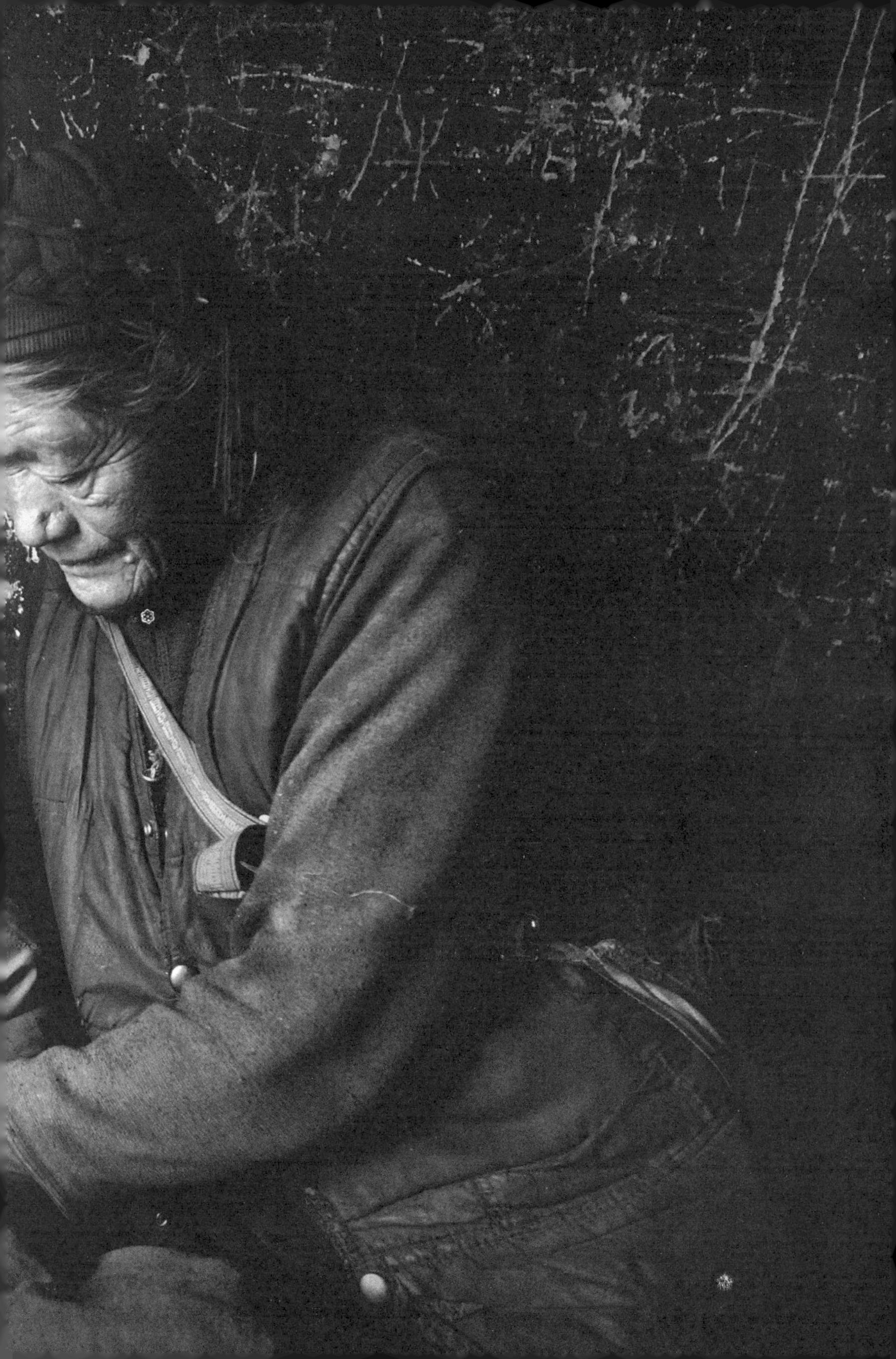

松点阿学葬礼上的送别仪式

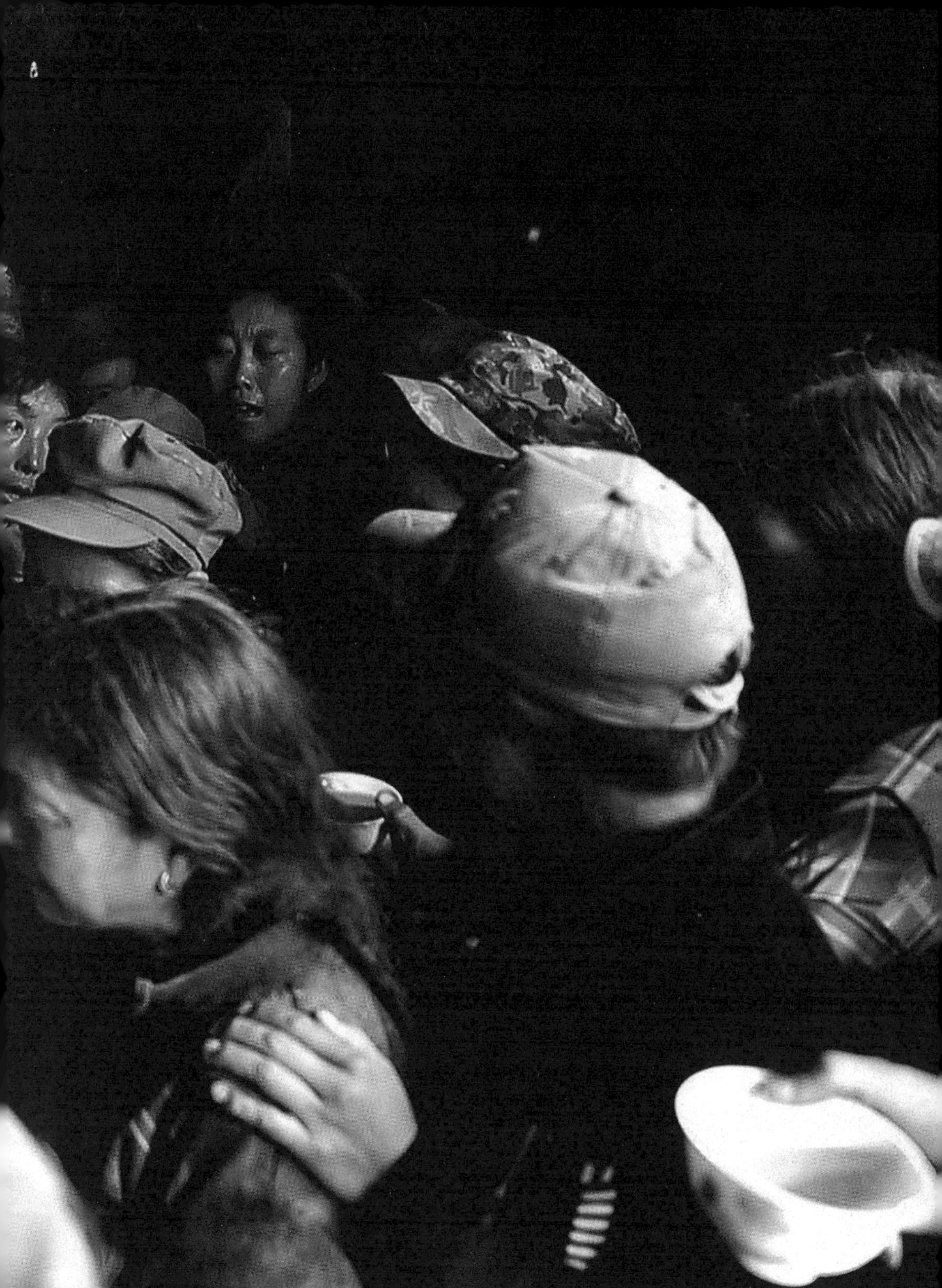

在葬礼仪式上诵经的喇嘛

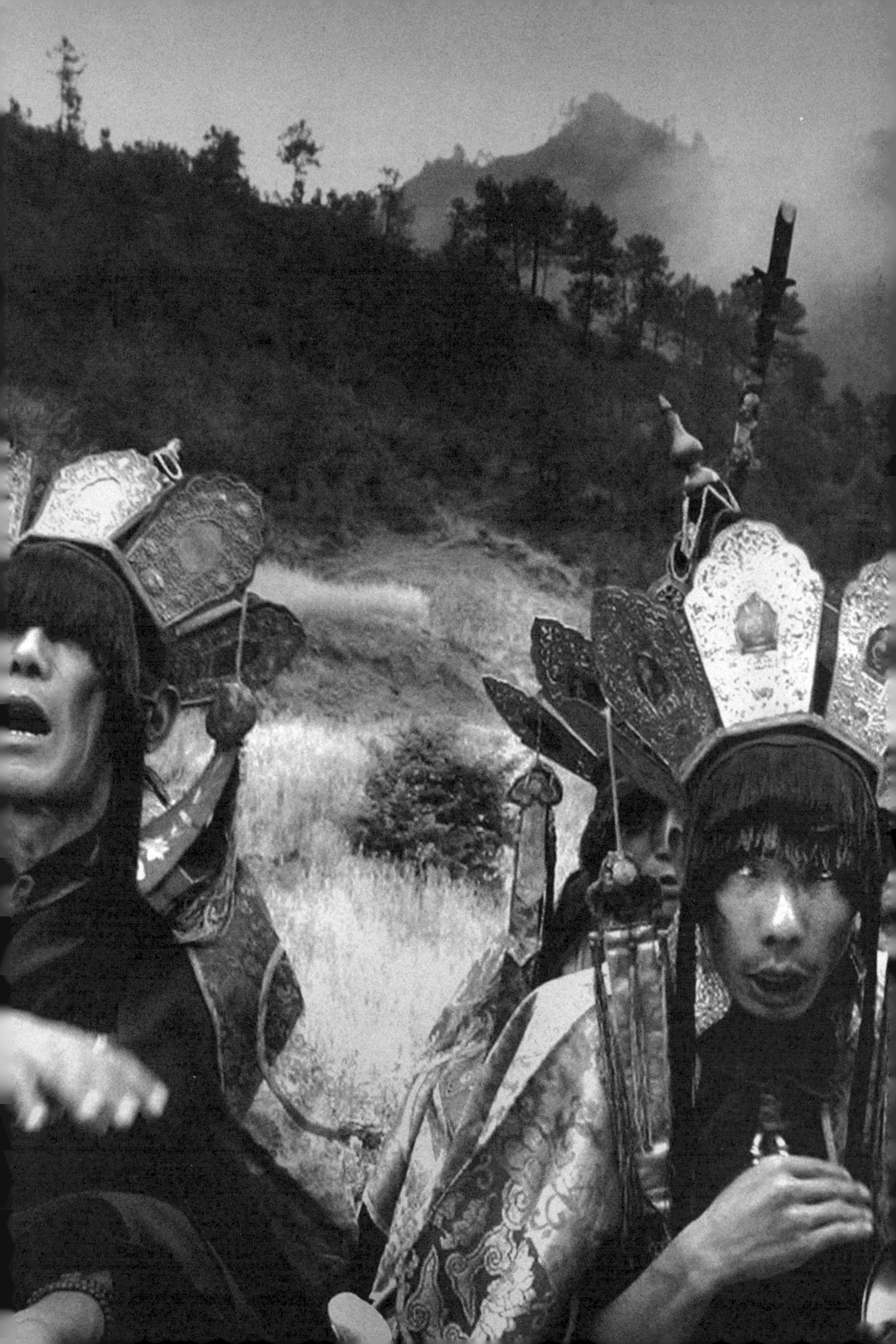

葬礼上的筵席

3

彭氏兄弟

※

故乡及神秘仪式

※

灰色院子

※

彭孝刚的讲述

※

玛若

※

死在前往香格里拉的路上

※

春秀

故乡及神秘仪式

早上，有个小腿被烫伤的大村人，一瘸一拐地来找老彭。

老彭拿出一块熊油，割了一点给他，然后又指导他怎样用熊油涂抹伤处。前天烤菌子时，老彭搬炉子臂上也被烫脱了巴掌大一块皮，伤处没有包扎，就用熊油抹一抹，他说熊油一抹就好了。但熊油似乎并不像老彭说的那么有神效，他的伤处至今仍然血淋淋的，肉和血管看得一清二楚。

老彭与大村的纳西人很难从外表上进行区分，只有在做豆腐的时候你才能知道他是个汉人。大村的纳西人不会做豆腐，他们也种黄豆，但是拿它来喂牲口的，他们认为黄豆是药，适合给牛补身子。

老彭说他的祖上是"湖广填四川"时来到这里的。那时祖上被一串一串地捆绑着，押着，来到了这片大山里。汉人来到俄亚的故事，远没有纳西人的那么浪漫，汉人来到俄亚的故事要凄苦悲惨得多。

老彭的讲述：

听我爸爸说，我爷爷的爷爷的爷爷就一直告诉下一辈，我们老家在湖北麻城孝感乡马桑坡鸦雀嘴，虽然我的祖先早在几百年前就已迁离那儿，但这个地名一直被彭家人世世代代记着。

我的先人是在"湖广填四川"的时候迁移过来的。明末清初，张献忠率领一干人马入川，扬言要杀尽川人。张献忠为什么这么仇恨四川人？这源于他的父亲。据说，张的父亲是一个马贩子，曾经牵着几百匹良马，沿着古栈道，历尽艰险来到四川卖马。在四川卖马期间，张的父亲受尽了羞辱，由于集市上的人不能忍受满地的马粪，他们总是逼迫张的父亲将地上的马粪清理干净，但又不借扫帚给他。张献忠的父亲每次只好都用衣裤来擦拭马粪，等卖完了马，他全身上下也就一丝不挂了。张的父亲狼狈地回到了家，一讲到四川卖马这段经历，他就摇头说：蜀地不仅山恶、水恶、人恶，就连草也恶！原来，在四川卖马时，有一次他到野外大便，便后找不到东西擦屁股，就随手摘了几片旁边一株植物的叶子，谁知这植物偏偏就是四川特有的一种苎麻，人一接触苎麻叶子，皮肤立即会刺痛难忍，变得红肿。张献忠从小就听父亲讲过太多四川的不好，所以心里早早就开始仇恨四川。

后来张献忠终于有了机会，他率兵攻进四川，在四川横冲直撞，所过之处血流成河，无一人能幸免于难。据说直到有一天张献忠遇到了一个妇女，情况才有改变。那天张献忠看见一个妇女带着两个小孩逃难，两个小孩大的看上去已经有六七岁，小的看上去只有两三岁，可这个妇女却把六七岁的大孩子背着，而让两三岁的小孩子在地上走。这让张献忠觉得奇怪，他就叫住这个妇女，问她为什么要这样。妇女就说，这个大的是她哥哥的孩子，小的是自己的，自己的孩子吃点苦没什么，而哥哥托我带的孩子，我不能虐待了他。听了这话，张献忠感慨万千，原来四川也有好人呀！我不能再这样好坏不分地滥杀了。于是，他对这位妇女说，你回家后，在自家门口插上杨柳枝，这样可保全家性命。后来当张献忠的队伍杀到这个妇女的家附近时，只见这里每家每户的门前都插着杨柳枝。据说这个地方至今还在，就在成都附近。

张献忠虽然没把川人杀光，但杀得也只剩几万人口，后来康熙皇帝颁布诏书，下令从湖广省（**当时行政区，今湖北、湖南，还辖广东广西一部分**）向四川移民。据长辈说当时的移民都是被押着入川的，谁愿意背井离乡到这荒蛮之地来？他们一路上"夜宿祠庙、岩屋、山洞，取石支锅，拾柴做饭"，历经千辛万苦才到达四川，然后开荒种地，建立家园。你知道为什么我们去大小便都说"解手"？我们祖先当年被移民时，手是被捆绑住的，想大小便就必须喊押解的人来"解手"，解手解手就是从这来的，就是从我们祖先入川时开始，一直传下来的。

从哪里来，本是这片山水间的各族的文化里最重要的部分。

离俄亚大村几十里地的利家嘴，是个摩梭村落，利家嘴人的来历一直说法不一。不少人认为利家嘴人是从北方来的蒙古人后裔。有一天，我在利家嘴村从一户人家屋前的苞谷地经过时，发现苞谷丛中有窸窸窣窣的声响，就停下脚步。我趴在木围栏上朝着苞谷丛里张望，突然发现在严严密密的叶片后藏着几双眼睛，她们在悄悄地盯着我。我被吓了一跳。同时苞谷丛里也一阵慌乱，传来一阵更大更密集的窸窸窣窣声。原来是几个摘苞谷的孩子，她们透过苞谷缝隙看到了走在路上的我，也许是因为我的穿着和村里人不一样，以及手里拿着的照相机让她们觉得好奇，于是她们便停下手里的活，躲在苞谷地偷窥我。她们从地里钻出来，然后一闪身就进了院子。看清是一群女孩子，我惊魂稍定，还不禁望着院子笑了起来。这时，院门打开了，从里面走出许多人来，这些人先是站在门前朝着我望，然后就向我走了过来。他们围着我说了一通话，然后就拉住我的手朝家里走。

这是地别家。那天地别家的院子里坐满了人。经堂下边的桌子上，摆满了祭品。达巴在念经。用了好长时间，我才终于搞明白，原来今天是地别家的一个特殊日子。在每年的这一天，地别家都会举行一个仪式，这天，利家嘴所有的杨姓人家（地别家汉姓杨，利家嘴有五户人家汉姓杨，原是一家分出）的人，都不再外出，他们聚集一起，共同参加这一隆重仪式。地别家的老人说：许多许多年前的今天，就在利家嘴这片大山里发生了一场惨烈的战争，在这场战争中他们的祖先被敌人打败，从此就有了这个纪念日。在这个纪念日里，他们吃的粑粑会被做成各种各样的形状，每个形状都是有所象征。其中有种形状是圆形，饼干大小，那圆形就代表月亮，象征着那场战争一直持续到了晚上，那天晚上天上挂着一轮圆月。

那天，地别家留我一直到仪式结束。那是个离中秋不远的日子。

好长时间，我忘不了地别家的这个纪念日，还禁不住去想：许多年前，在那场惨烈的战事中，会是什么人打败了地别家的祖先？如果打败地别家祖先的是来自北方的蒙古人，那么被打败了的地别家祖先又是什么人？如果地别家的祖先就是来自北方的蒙古人，那么打败他们的人为什么又把这片土地给了他们？

地别家也没有答案。

在这一点上，老彭是幸运的，他虽然并没去过那个远在千山万水之外的故乡，但他至少能明确地知道它的所在。

灰色院子

在大村客栈的后面,大村石碉建筑群下方,有一个灰暗老旧的院子,两米高的院墙圈着一排同样灰暗的破旧砖砌平房,这是个汉式建筑,与周围木石结构的碉楼区别很大。

第一次进到院里,是因为有一天听到院子里传出了哭喊声,就进去看。见很多人围着一个伤者,伤者右腿已经肿得盆一样粗。蹲在伤者边上抹眼泪的女人应该是他的妻子,几个孩子站在她身后,他们惊恐的目光不时地看一下她,再看一下伤者。

伤者叫高土,高土是在山上放牲口时被石头砸断了腿。他在山里躺了很长时间,后来被偶然经过这里的人发现,那人下山传消息给他家人。家人在村里找了十几个年轻力壮的男人上山找到他,然后把他抬到这里。

直到这时我才知道，这个灰色的院子，原来是俄亚乡卫生院。

卫生院的医生检查了高土的伤，然后就用纱布把伤处裹起来，再给他挂上一瓶药水。

高土的腿越肿越粗，他疼得忍不住直叫。

看着高土痛苦的样子，家人就找医生问，有没有好点的办法。医生说，只能这样处理了，这里没有其他办法。

有人说弄不好高土的这条腿会保不住，他建议去找姜医生，说姜医生在山里，常给人治这种伤，他能保住高土的这条腿。

姜医生家在俄碧村下方的冲天河边上，从这里到姜医生家有几十里路。

高土的家人就决定再把高土往姜医生家抬。他们从村里请了更多的人来抬高土，估计要到夜里才能到达姜医生家。

已经抬出很远，都还能听到高土在担架上的叫声。

每天上午，都有几个病人坐在院子里那排平房屋檐下的地上，他们的腕上插着针头，药水挂在身后的门框或窗框上，他们张着嘴不停顿地咳嗽，或是呻吟。苍蝇烟雾一般，一阵阵落下，一阵阵飘走。

过了中午，卫生院就变得像是一个被废弃了许多年的野屋。

卫生院有四间病房，由于病人在病房里自己烧饭，所以病房的墙上都被熏成了漆黑。

在最靠里边的那间病房里，有个病人躺在黑暗的角落。

他身上盖的被子的颜色，与污黑的墙面的颜色一样。

他的脸色也是那样。

他既不呻吟，也不动弹，在这灰暗的病房里很难被发现。他躺在那，望着我，眼里没有一丝热情和生气，就像盲人的眼睛。房间里散发着浓烈的厕所里的味道。

他叫彭孝刚。

彭孝刚是老彭的兄弟。

彭孝刚的讲述

我 1977 年出生。十九岁我第一次走出了家门去打工。打工时，认识一位云南姑娘，我们经常聊天，渐渐两人就成了朋友，并很快就相互喜欢上了。打工结束后，我随她去了她的老家，云南中甸县的洛吉乡。

她家虽然也是山区，但各方面条件要比我家这边好得多，于是，她就劝我在她家做上门女婿。这样，不久我俩就在云南结婚成家。

我们对未来的生活也曾充满幻想。但真正的幸福时光并不长。1999 年 11 月 30 号，我在家修房子时，突然屋壁倒塌，我被压在了一截断墙下。

我被挖掘出来时，已昏迷不醒。老婆及她的家人急忙找来一辆车，将我往医院送。离家最近的就是中甸香格里拉医院,但到达那里仍然需要一天时间。老婆心里急得像被火烧。

我的尿道被砸断了。

我在医院治疗了十天。

在这十天里,我的治疗费用花了四万七千多元。钱是卖牛的钱,老婆家将家里所有的牛,连耕牛都卖了,还拿了贷款。

但手术失败了。

两个月后,我再次去中甸医院,又做了一次手术。这次手术仍然失败。半个月后,老婆不得不将我带回洛吉。她再没有别的办法了。

我受伤时,电话没有,交通也不便,没法给俄亚家里(彭家)传消息。直到我被抢救过来这边家里才接到信。家里就让兄弟中最小的那个去看我。

当时家里挺穷,也拿不出钱来,家里就派老三、老五两个兄弟到洛吉我那边去打工,让他们挣钱给我治病。

三个月后,我决定离开老婆,回俄亚老家。

我不想拖累她。

一年后,我和她离婚。

(彭孝刚的二哥老彭说:女方的父母让女儿将肚子里的孩子打掉了。第二次手术也失败,把不该割的割了,把膀胱割了,她家就冷心了,不要他了。她家有个亲戚是洛吉乡乡长,强行把彭孝刚赶回家。女方又重新找了个女婿。彭家也不敢到她家打官司。彭孝刚又答应离开她家。)

回到俄亚，这时我已经失去劳动能力。家里还有两个兄弟没有娶上媳妇。人家不敢嫁我们家，没有土地，兄弟又多，家里太穷。我家兄弟五个，老大彭孝明，老二彭孝军，老三彭孝强，我是老四，老五彭孝成。后来么兄弟娶上了媳妇，拉鼻沟陈家的。两年后，三兄弟又娶上了媳妇，是隔壁邻居家的姑娘，他们相差十五六岁。过了三四年，三兄弟的媳妇跑了，留下两个三四岁的孩子。五兄弟各家都不富裕。

兄弟几个聚在一起商量我的事，一个兄弟说我不该回家，应该在女家，做了她家的上门女婿，死也要死在她家。他觉得仅凭他们兄弟的经济能力想要治好我的病根本不可能。

但最终兄弟几人还是达成了一致意见：想一切办法救我。

兄弟几个东挪西凑了点钱，把我带到了木里县医院。

然而，他们的那点钱根本治不了我的病。

不久，我就又被带回到了家里。

我的父母都已经是七十岁的人了，看着曾经那么健壮的儿子如今面色蜡黄，瘦得皮包骨，身体一天天衰弱下去，很难过，但凭家里的情况，他们也无法帮我治病，两位老人唯一能做的，就是用本来为自己准备的木材为我做了副棺材。

我做好棺材那年，还不到三十岁。

这口棺材就放在我家老屋的屋檐下，就这样放在露天地里好多年了。这口棺材看上去有点旧，但十年前打这口棺材时，谁也没有料到，它会在这里放这么多年。

每天我也都在盘算着我到底还能活多长时间？

我不甘心就这样等着进棺材，我觉得一天没进棺材就还该为自己努力一番。于是我就出去找活干。我曾去给淘金的人烧饭，做杂务。自己病怏怏的，身上带着病，插着导管。

由于干不了重活，所以人家也给不了我多少钱。

我拿着自己挣的这点钱去乡卫生院开些消炎药回来。

自从在中甸第一次手术以后，我的身体里就一直插着根管子，小便及体内积液，就靠这根管子排出来。因为经常发炎，我要定期将插在身体里的管子拔出来消毒，然后再重新插进去，这一拔一插非常疼，每次都冒出一身汗。发炎时我的肚子便胀起来，腰痛得让我无法站立，肚子上的那个洞口里往外流脓血，有时会流一两个星期，有很大的味道。

我的兄弟们一直在想办法去筹钱，他们把挣得的钱也都给我买药。光在乡卫生院打消炎针，我一年就要花去七千多元。

2007年，二哥带着婆娘到乡小学当炊事员，一天十元，满第二年，存四千元钱。我的另外两个兄弟外出打工，他们用几年时间也赚了两三万块钱。几兄弟把钱凑到一起，再次带着我到西昌去治病，他们觉得这钱也许可以把我的病治好。

我和二哥走一天，到了云南加泽乡，然后坐车到永宁，再从永宁到西昌，路上三天时间。

在一家医院清洗肾，治疗一段时间后，医生说：这种手术只有到成都华西医院去才可以治好，但几万块钱肯定是不够的。

这时我们带的钱已经差不多用光了。

来回一个月。药费、路费一共几万元。

治不起。就这样二哥带着我又回到了家里。

回家以后，吃一天算一天。

这次我在乡卫生院住了五个月的院。肚子鼓起来，腰痛，人不能起来。

几个兄弟也都出去打工，打工挣的钱给我治病。

乡卫生院并不能治我的病，但除了这里我又能去哪儿？卫生院的医生说，再这样拖下去，我活不了多长时间。

医生让二哥劝我回家，我对二哥说再治两天，再消炎两天，我身上还在发炎。

为了给我治病，家里的兄弟想了各种办法。

二哥借朋友一万块钱，然后又找小时候最好的几个伙伴，还有二叔，共五个人，每人筹一万，五万元合伙挖金。二哥就说这一赌如果能赌赢了，孝刚就有救，如果输了，孝刚就没有救。

他们在龙达河上挖金，挖了四个月，挖出一斤二两金，一半给了民工，一半五人分。

投了五万元，得到三万。

二哥左手的中指和无名指少一截，就是挖金时被砸断的。挖金打井，竖井深的时候有二十多米，到岩层的时候就架平箱，用木板架起来，做成一间房子一样，把里边的金沙拉出来，洗沙，淘金。平箱必须是自己架，别人架的箱，是不敢进的，山体的结构不一样，下去有多层，有些是土，有些是沙，有些是石头。当时二哥在架箱的时候,发现箱木的上部是松的,塌空了,这很危险,他就用木截去补塌空。谁知就在这时,上面石头落下,把他左手的中指和无名指砸断了。

　　有的人挖金就在洞里被埋了,被关在里边的也有。

玛若

玛若是俄亚大村三组人，几年前，他在一次意外中输尿管被砸断，然后前往中甸治疗。家里的钱花完了，但玛若的病并没有被治好。玛若的状况与彭孝刚极为相似。

玛若的讲述：

我的输尿管被锄头砸断了，然后装了一根导尿管。现在尿都是流在随身携带的袋子里。

我在打玉米的时候摔倒了，下面恰好有一把锄头，我摔在了上面。之后他们送我去了中甸县。是村里人抬着我去，又抬着我回来。

我现在什么也做不了。给猪喂泔水也喂不了，走路也走不动，烧火用的柴火也没法去找。什么也做不了。

我现在一直坚持着，每隔一个星期，伤口就痛得很厉害。不知谁有办法能帮帮我。

我不知道花了多少钱，不知是三千还是三万，总之花了很多，都是从村里人那借的，借了很多很多。到底我花了多少（问边上人）？

我这个发炎的伤口在乡医院处理了两次，后来没有钱了就没有再去。乡里的医生说，没事。

药也买不起。我的亲戚帮我买了一些青霉素之类的消炎药，给我控制炎症。

家里就我和我母亲两个人，现在处境很困难。我们两个连火柴都没有一盒。

我现在去赚钱的话，连买一盒火柴的钱都赚不到。母亲渐渐老去，我又这样病着，我很担心。

家里牲畜也没有一头，养了几只鸡，但是养鸡也帮不上什么。现在母亲可能快要去世了，我的病得不到医治的话，我也离死不远了。

现在让我去放猪的话，就连猪跑了，我也追不上。烧饭用的柴火，我也只能拗一些小的干树枝带回来。我的伤口正在化脓，有时脓水会流下来，但我不敢用手去碰，也不敢去看。也没有钱去医院处理，就任由伤口流脓。我就吃一些亲戚给我的消炎药，要是药吃完了，我就只能忍着。钱是一分也没有。

再痛我也只能忍着。

③ 彭氏兄弟

玛若

我母亲年事已高,可能快要熄火（死的意思）了,现在就是不知道是母亲先熄火还是我先熄火（不知道是我先死还是母亲先死）。

　　我很害怕。

　　我现在什么都没有,我感到我眼前一片迷茫。

死在前往香格里拉的路上

老彭的讲述：

彭孝刚从得病到死，十四五年时间。

临死前两天，他在床上起不来。我就请车，请不到（租不到）。秘地（地名）我有个朋友叫高若，他有辆皮卡车，就找他。

皮卡车到了，我就给它加油，加柴油。柴油是我前一年买来发电用的，后来知道这四桶柴油里面有两桶被对了水。

我把彭孝刚背上车，出发以后，走几分钟，彭孝刚就鼻子口中都是血沫子。我在车上一直抱着他。

车还不到叉河口（往稻城方向），就停了。

司机检查后说是大泵里进水，发不起来了。

好不容易又在路上拦到一辆车，我就说兄弟病重，去稻城去不了了。对方过来看了看彭孝刚，问是继续去稻城，还是拉回家。

我说是去稻城。

但对方摇头，说这病人去不了稻城了。

我问彭孝刚，坚持得了吧？

彭孝刚说我快不行了，想回家，想回家看看父母。

回家。

我父母家在俄碧村的山上。彭孝刚被拉回了俄碧。

车只能开到山下，从山下到父母家里还有很长的一条山路要走。一路都是陡坡。

我就请人把彭孝刚往山上家里抬。

开始十个人抬，抬到半路上就有几十个人了。到了谁家门口儿，谁家都有人在门前等着，这样一路上人不断增加，人越来越多。

一路上彭孝刚不停叫，妈呀妈呀不停叫。

抬到家时天早就黑了。

到了夜里一点多，彭孝刚死了。

（彭孝刚死时）是11月到12月（2014年），雨季过了。

谁知道翻过年，种苞谷时，大哥家接着又出事。

春秀

老彭的大哥叫彭孝明，大嫂叫吴金凤。彭孝明和吴金凤有两个儿子。大儿子二十六岁，叫彭友章；二儿子二十四岁，叫彭友文。

彭友文的讲述：

2015 年 4 月份。
父亲和母亲种地，中午煮了一只腊猪脚吃了，然后去干活。
火塘边放了堆柴。
火炉里的一截柴燃烧一半后落在外面，把放在边上的柴引燃，发生了火灾。

火灾发生在下午。

发现家里着火，父亲和母亲就往回跑。

母亲在前面，父亲在后面。

母亲冲进屋去救财产。她有两只大木箱子是结婚时陪嫁来的。箱子里有几万元钱。

见母亲不出来，父亲进屋去救她。

喊叫。

邻居赶到，听到火里有呼叫，就洒水灭火，后来把人拖了出来。

两人浑身全部烧伤。母亲更重。父亲气管灼伤。

关于这起火灾，女方吴金凤家的人有另外一种说法。下面这段内容是女方家的人讲述，讲述者姜雨军是吴金凤的舅舅。

姜雨军的讲述：

彭孝明的老婆（吴金凤）叫春秀。

春秀的妈妈叫姜雨慧。

1986年，姜雨慧三十八岁那年，喝了一盅敌敌畏死了。春秀那年十四岁。

春秀的父亲叫吴开华，喜欢喝酒，喝酒以后耍酒疯，打老婆打孩子。春秀的妈妈姜雨慧自杀前三天，曾遭丈夫吴开华暴打。

春秀十七岁那年，由父亲吴开华做主嫁给了彭家。春秀在家的时候常遭父亲打，父亲醉酒后就打她。

春秀嫁给彭孝明后，夫妻关系一直不好。

春秀是被彭孝明杀了的。彭孝明怀疑春秀外面有人。

村里几天前陈富春病死了，那天陈家"回煞"（回煞又称回魂，指的是人死若干日后灵魂回家一次的行为，一般在人死后七天发生。农村迷信说法这时已死去的亲人的灵魂会从堂屋东面进来，在家巡视一圈后离开。传说回魂时可以听到沙沙声，那就是灵魂的脚步声），回煞时所有人都要回避，大家就都回避到与陈家相邻的彭孝明父亲家。

中午彭孝明在"回煞"的陈家喝了酒。回了家，彭孝明就又和春秀吵了起来。

汽油是别人刚刚还来的，装在胶壶里，五斤。彭孝明有一把油锯，用汽油做动力。不少人知道他有汽油，前段时间有人朝他借了汽油，这两天刚刚还他。

彭孝明用汽油浇到春秀头上，从头往下淋，汽油也溅在彭孝明的身上，他用打火机在春秀腰部点的火。

彭孝明还想把门关上，春秀把门拉开了，然后往地里跑。

村里人正在彭孝明父亲家，他们只见一个火团从春秀家窜出，朝地里跑，然后一头扑倒在苞谷地里。

村里人就跑过去，用土把春秀身上的火灭掉。

春秀像一只烫皮的羊，筋都烧荣华了。

春秀很清醒，但站不起来。

没有车。等了三四个小时，才找到车。当时春秀家兄弟不让彭孝明上车，彭孝明也烧伤了。

春秀的全身只有腰带那一圈还有皮肤。还有颈部有块完整皮。头皮还有，春秀的头发又厚又密。

彭友文的讲述：

连夜往西昌送。

是浙江找金矿的人，车拉着去了，从依吉，屋脚，到永宁，在永宁再包车。

父亲到西昌五六天后进重症监护室抢救。父亲喉管灼伤，里面的黄水往肺里流，到西昌九天后就死了。他就在西昌火化。（**整个治疗**）花了七八万元。

母亲在西昌医了四个月。

她的头上有块头皮是好的，就把上面的头发剃掉，取那里的皮，植到身上去，做了六次植皮手术。

西昌医院费用很大。一星期就要一万多元钱。

没钱了。亲戚那边该借的都借完了。

叔叔那边拿了十多万，他存的所有钱都被用完了。

没有办法，办了出院手续。

医保的钱到手了再入院，九万左右，到最后基本上也都用光了。生活开支都在里面。

就没办法了。

弄不到钱，医院建议我们出院，他们说可以（**把病人**）带回去，如果回去后能弄到钱，过几个月，一年，可以再来。

第二次出院的时候，（**医保**）就只报了不到两万。

西昌到永宁是包了一辆车，（包车费用）一千一百元钱。出院当天就到了永宁。

找旅馆住下，两个人二十元一天。住了七天。

就一直在永宁等车。雨季，路不好，司机不敢走。还有的司机看到病人害怕，她母亲严重变形。

开始的时候，找双排座租车，我就说里面能坐几个我们全包了，一次拉多少人我们就给多少钱。他们去看，一看，就说不行，不拉。来了好几个师傅，到最后，有个小车师傅，经常拉人的，我就跟他说三千五，三千五说定了，他就去看一下，一看掉头就走了。他说这个人我是不敢拉。就这样走了。后来就加钱，加到五六千，然后七八千，到最后根本就不谈价钱，就先看病人，然后看了什么都不说就走了。他们都知道了嘛，所有的车师傅都知道了，他们一句话就是不敢拉。不可能拉这个病人。

全身皮肤没有一处是好的，脸啊，头啊，手啊，变形弯曲，筋、肉黏在一起了。四肢无法伸直。看着吓人。一般人根本不敢看。

六千元钱也没人拉。

身上的钱也快用完了。

出院后医保报的钱不到两万。之前姨妈曾借过一万多元钱给我们，现在姨妈也病了，也急着用钱，就还了她一万四千元钱。

等到七月初七。我不能再等了。永宁有一个老乡，是修车的，我找到他，在他那借了九千元钱。我花了七千两百元钱买了一辆农用三轮车。剩下的钱又给妈妈买了点衣服，以及生活用品。

我决定自己开车把妈妈运回家。

我又买了六百元钱的被子，六十八元一床，把这些被子垫在三轮车厢里，然后将妈妈头朝前放进车箱，两边再挡一挡，不让她前后，左右挪动，上面盖上篷布。

正是雨季。农历七月七。

西昌出来就一直下雨。在永宁也一直下雨。

从永宁出来那天，一早上就是大雨。大雨也走，身上没钱，早一天到家就少花一天钱。

由于下了许多天雨，有许多树倒在路上，需要砍掉，拖开。走得很慢。

有的时候，妈妈叫太颠，叫慢点。

就两个人。

前一天到饭店里买了鸡蛋汤，米饭。

装在饭盒里。

出发前喂妈妈吃了点。

我没吃。有点担心，路上太危险。知道路上危险，但也没办法。

一早出发到下午，七个小时。到了依吉乡和甲区村之间，这是一段崖路。路上不断有泥石流。知道这一路会有泥石流，所以我头天在永宁也买了锹。崖路上又出现了泥石流，我就用铁锹挖，大概挖了七十分钟左右，勉强能过，我就过来了。过了泥石流，是个弯道，弯道后面又有个坡，三轮车拐过弯就爬坡，爬到一半突然熄火了。车向后溜，我拼命踩刹车也刹不住，它就这样往后退，退，退，然后直接掉到崖下。

车翻第一圈，我就被摔了出来。我卡在树上。车继续下落，打着滚。我从树上下来时，妈妈也已经从车里摔了出来，车还在继续往下滚。车在崖下滚出去四五百米远。

我就跳着往下去，也不知道自己是怎么到的妈妈身边。

我抓住妈妈的时候，妈妈问我怎么回事。

那个时候，我还以为妈妈没事的。妈妈从不叫疼，从出事，到医院，这么长时间里，从来没有叫过一声疼。她反而安慰我，就说没事，都这样了，你别怕。

我就把她抱起来。把她放在平点的地方。

这时才看到她浑身满是血。

她头上被石头砸出一个洞。

我现在不敢想象。（彭友文抬起头，苦笑了一下。）

我就跟她说，反正不管怎么样我都还是会把她送出去的。然后她就说不用送了，这回是肯定没救了，她叫我给弟弟还有叔叔打电话。

我就第一个给弟弟打了电话，然后弟弟就给舅舅，还有叔叔他们打电话。她就一直叫他们快点来，把她往回拉，就是不管抬还是背怎么样，就是往回拉。

③ 彭氏兄弟　春秀

后来后来后来，她在我怀里她说有点冷，然后……被子，满坡都是被子，我就把她放在那里，就去拣被子，然后用被子把她包上，接着她就不说话了。开始的时候她想说话，但接着就再也说话了。

从出事到家里亲戚赶到出事地点，大概有四个小时。

我抱也抱不上来，背也背不上来，就把妈妈放在一小块平的地方，就把她抱着，就一直这样，跟着跟着她就不说话了。然后我叫她的时候，她只是动一下，叫她的时候，就动一下，她能听见我说话，但她自己就不能说。一直到叔叔到的时候，到了大概三四分钟的时候，就没气了。

亲戚们用毯子把她裹住，往上抓住她的四肢，就四五个人往上抬，抬到路上。也找不到车，就把她绑在我的背上，背着，然后用摩托车往回拉。

到了俄碧村地头上，就放在那里。是在一个岔路口，妈妈的尸体就放在那路边。

亲戚朋友到山上砍了木柴，把她火化了，然后找了块稍微平点的地方埋了妈妈。她说过要找块平的地方埋她。

老彭大哥大嫂治病花了三四十万元，欠在老彭身上的有十一万元，他们的两个儿子彭友章、彭友文，目前都在云南打工。

老彭的大哥家在俄碧村。

俄碧村属于俄亚乡，从大村到俄碧，有一天的路程。

我是跟着阿甲去的俄碧村。阿甲是老彭的朋友。阿甲的家也在俄碧。

前往大村路上的彭孝刚

大村的石巷

俄亚卫生院里的病人

木里病人

大村的东巴在为一户人家念经

瓦拉扁村的公布拉初在她死后的第31天,被抬往山中火葬

屋脚乡葬礼上的敬酒仪式

大村瓦才家的石屋

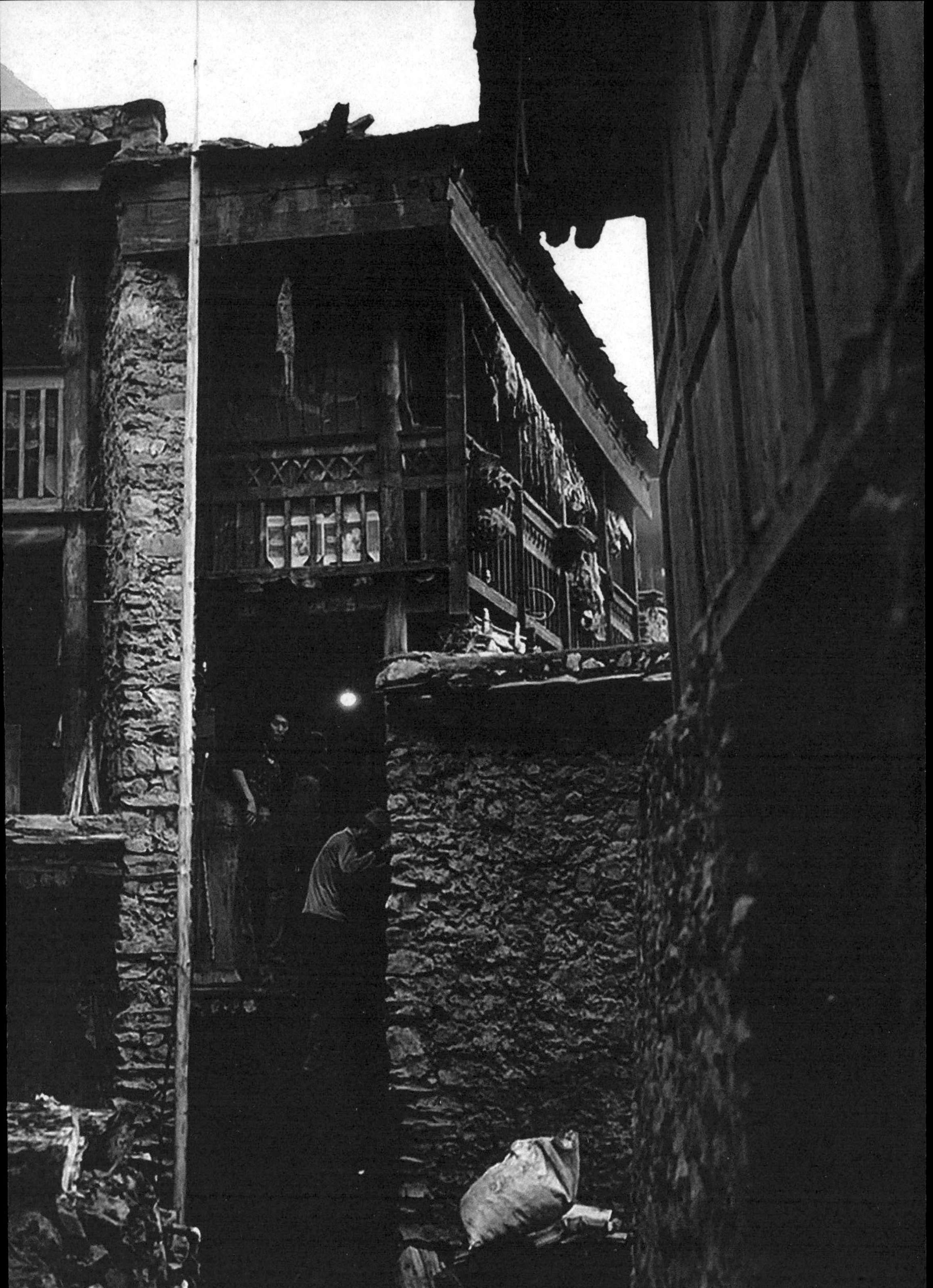

俄亚大村，躺在家中的扎西卓玛和她的丈夫

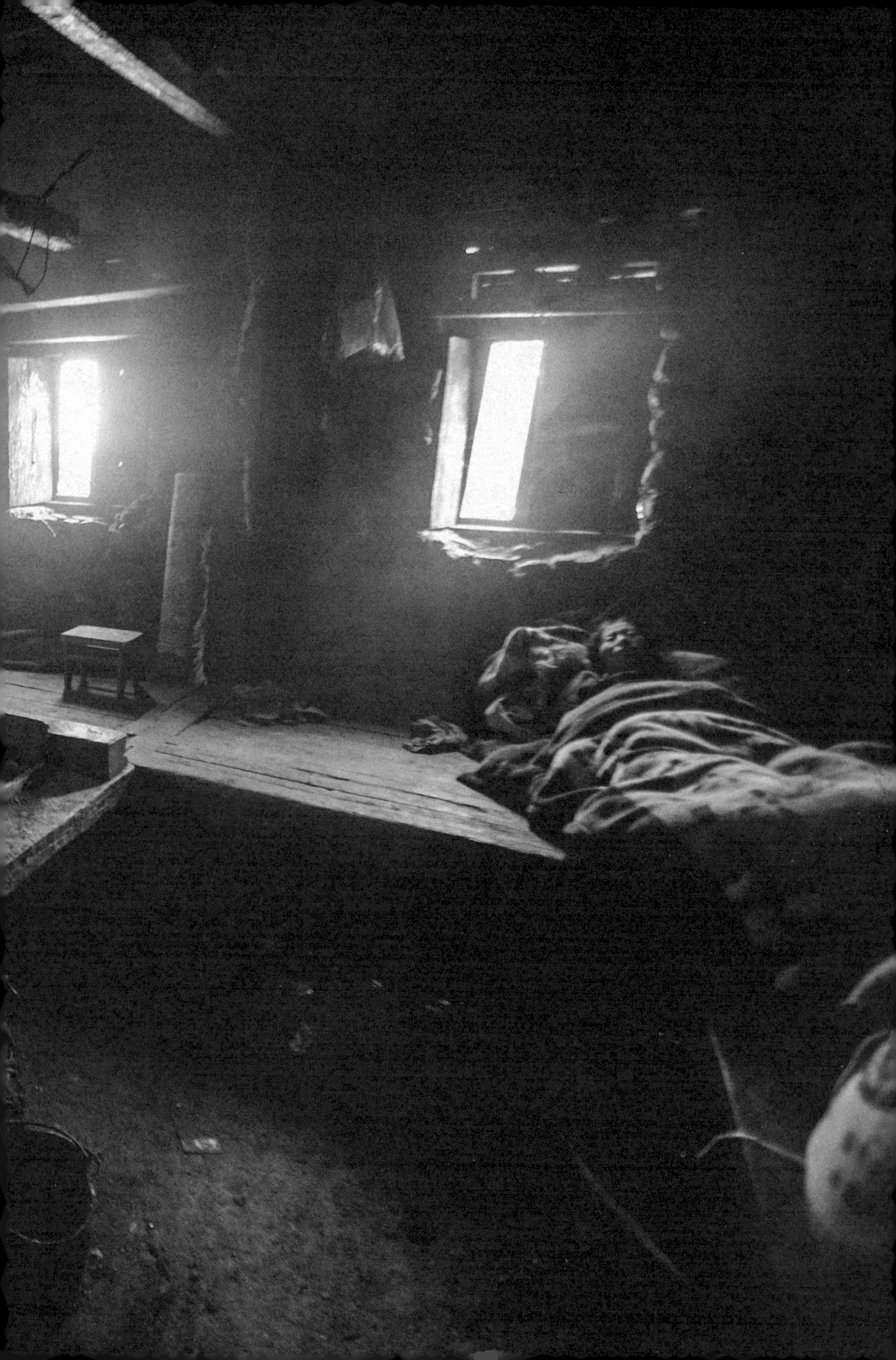

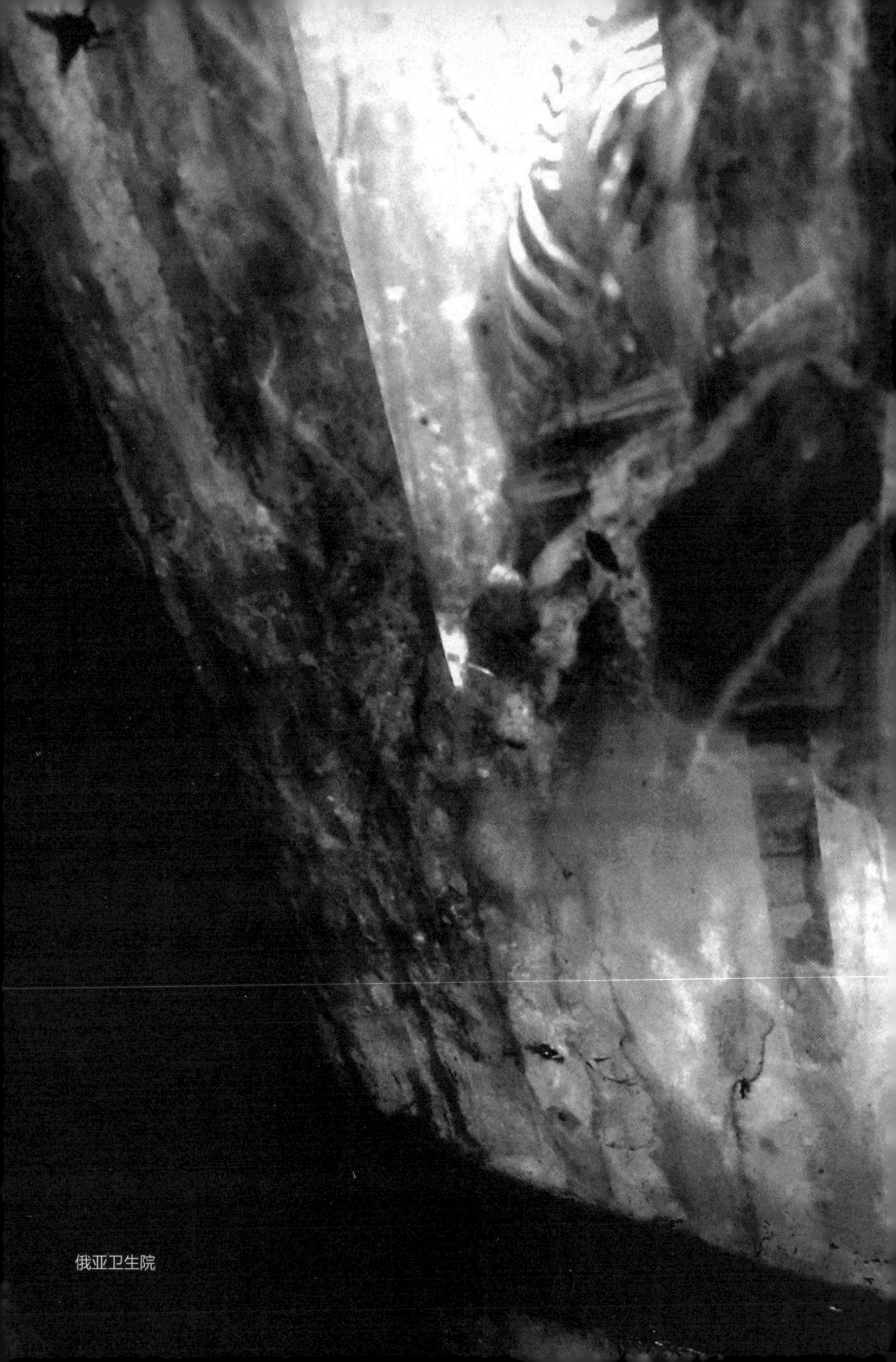

俄亚卫生院

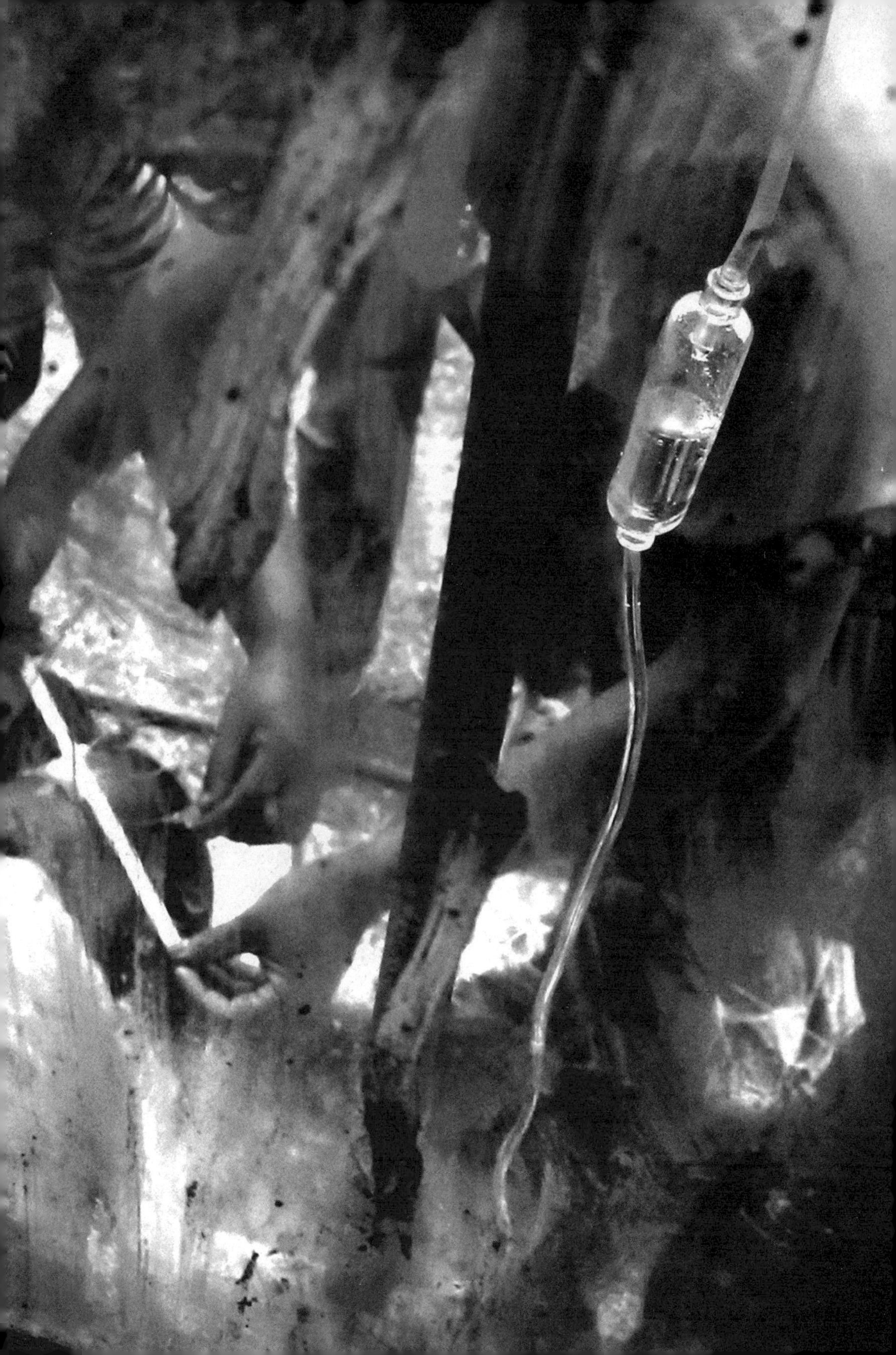

穿着麻布衣的利家嘴男人

4

阿甲家

※

腊八哈掠

※

咪咪

※

温戈

※

咪咪，阿甲，降初

※

克若里的悬崖

※

阿甲的经书

腊八哈掠

阿甲家的家名叫加黑，加黑家族也是几百年前随瓦克戈启从丽江最早来到俄亚定居的四户之一，后来加黑家族一部分人从俄亚大村迁往了俄碧。阿甲已经是加黑家族迁往俄碧后的第七代。现在加黑家族在俄亚大村有三户，在俄碧有四户。

我在俄亚大村遇到阿甲时，正有两个妇女跟在他身后，她们一个手里拿着一枚银币，一个手心攥颗珊瑚珠，想问阿甲这些东西能值多少钱。阿甲一直在附近的几个村子里收购一些老货，这些东西大多是纳西人传统的饰物，阿甲用适当的价钱把这些东西收过来，然后带着这些东西，再到山外去卖。

阿甲很热情，因为经常外出，他能说不错的普通话。我们没有聊几句,他即慷慨邀请我到俄碧他的家里去做客。

从大村到俄碧的路一直是上坡。本来说好有马送我去俄碧,但由于昨夜下了场大雨,阿甲说山路被雨淋透,马会踩松,太危险。

我和阿甲步行前往俄碧。

阿甲走在我前面,他不时回头,提醒我该用什么样的姿势才能安全跨过脚下的那段路。

太阳渐渐高起来,晒得人头昏脑涨。阿甲将我的所有东西全背到了他自己的身上,但我依然走几步就要坐下来歇一歇。

在一棵橄榄树阴下,我又坐了下来。橄榄树上结着橄榄果。村里人会用橄榄果泡水喝,或者直接将橄榄果放嘴里嚼,说这样可以治疗感冒。

阿甲从树上扯了一把橄榄树枝,说我去摘腊八哈掠来给你解渴。"腊八"在纳西话里是指仙人掌,"哈掠"是仙人掌的果。就在离橄榄树不远的崖边上,生长着一丛茂盛的仙人掌。仙人掌肥厚的叶片上结着一颗颗椭圆的红的或还青着的果子,那就是腊八哈掠。

一路上,阿甲都在照顾我,也在不停地向我介绍各种事物。阿甲来到仙人掌前,用橄榄枝在仙人掌上来回轻拂。等将仙人掌叶片上的刺拂去差不多了,他才去摘果。

仙人掌长在崖边,阿甲采腊八哈掠的时候,看上去很危险。我叫他别采了,而他却说:"这不算什么,我曾经在更高更陡的崖上摘过。"他说这话时,还腾出一只手指了指远

④ 阿甲家　　腊八哈掠

处那座更高更陡的危崖,"村里有一年没有粮食吃,我到上面采腊八哈掠,一次吃掉八十多个果子,把它当粮食吃了。"

阿甲又说猴子和松鼠是摘腊八哈掠的高手,它们最爱吃这个,也最会摘,不会被刺刺到。

不一会儿,阿甲就摘了一大捧腊八哈掠。他把腊八哈掠放在石头上,它们身上长满绿色的刺。阿甲熟练地将腊八哈掠的皮一剥,露出里面绿色的果肉,然后递给我。

果肉水分很多,甜甜的,还有浓的清香味道。好吃极了。

一位普米族姑娘从后面赶上了我们。她和阿甲认识,她眼睛盯着我,嘴里却一直在和阿甲说话。在一个岔路口普米姑娘和我们分开,我们继续往山上走,而她向下往江边走。

自从分开后,她就开始唱歌,挂在溜索上过江时也不停止,等过了江看不见她人了,她的歌声还在山谷里响着。阿甲说,她唱的是情歌。

后来在伊迪村,我们又遇到一个收头发的甘肃人,他背着个很大的包,手里拿着塑料的梳子,还有圆的小镜子之类的东西,他用这些换头发。阿甲告诉换头发的人,这个村子收完了,去俄碧吧,我的老婆把每天梳掉下的头发都收着呢,她的头发可是这片大山里最好的,又长,又黑,又有亮。

收头发的人就说,那好,我收完了这个村就去俄碧吧。

咪咪

一进家门，阿甲就从火塘边拉过一个女子来到我面前，向我介绍说这是他的女人。

阿甲的女人叫咪咪。咪咪是个漂亮的纳西女人。

咪咪笑着请我在火塘边坐下，然后就忙着为我倒酒。

在敬了酒之后，咪咪又端过来一碗蜂蜜。这是野蜂蜜，金黄金黄的，里面还有成块的蜂巢。咪咪不仅是阿甲的女人，咪咪同时还是阿甲哥哥降初的女人。

咪咪是阿甲和降初共同的女人。

降初很憨厚，脸上总带着笑。他在家里负责农活。

晚上，咪咪换上了阿甲刚刚为她买的一件暗红的偏襟短袄。咪咪是在暗示，今晚她想和阿甲在一起。

咪咪不时地往松明架上添松明，松明的光把她的脸照得又红又光洁。每添一次松明，屋里就会明亮起来一次。

阿甲回来后，咪咪掩饰不住兴奋的样子。阿甲每次离家都会有好多日子。

咪咪的讲述：

　　阿甲妈妈和我的妈妈是姐妹，我的妈妈是阿甲妈妈的亲妹妹。我很小的时候爸爸妈妈就死了。

　　我爸爸当年是俄碧村的队长，"文化大革命"时，上面指示他把村里所有的东巴经书全部收缴起来烧掉。东巴经对纳西人很重要。为了保住经书，有的东巴冒险攀到悬崖上把经书藏在那。还有的东巴先把经书默记下来，缴后再凭记忆写出来。实在记不住就藏。我们纳西人不能没有东巴经，纳西人一出生东巴就在他身边念经，东巴经会伴着他一生。没了东巴经，死人的灵魂会回不到故土。没了东巴经，活人也活不好。

　　村里所有的东巴经都被收到我爸爸这里，并且要他烧掉它们。爸爸的成分是富农，当时他在村里也被斗争。没办法，他只好在村里的那块平地上，烧经书。

　　一天晚上，爸爸走进家里的小磨房。当时妈妈正在小磨房里推磨，准备明天一家人吃的。

　　爸爸就对妈妈说，你去喂猪吧，我来推磨。

　　等妈妈出了小磨房，爸爸就把门闩上。

　　爸爸将妈妈还没有磨完的苞谷全部磨完，又把它们从磨槽里扫到袋中。然后爸爸站到磨台上，他将预先准备好的一根绳子挂到房梁上，再在绳子上打了个活圈。爸爸把头伸进了绳圈，然后他从磨台上跳下。

妈妈喂好了猪，听小磨房里没有磨响，就推了推门。

门被牢牢闩住。

妈妈叫爸爸的名字。也没有人答应。

妈妈的心里有了不祥的感觉。她急忙去村里叫人来。

等门终于被打开，就只见爸爸笔直地悬挂在磨台旁。他的脚边，还整齐地码放着一堆东巴经。

爸爸死的时候，我四岁，我的哥哥八岁，弟弟二岁。

有人说那么多东巴经书聚到一起，人看了会受刺激，谁都受不了，所以他一定会死。

也有人说，他打开了一本不能随便打开的东巴经书，那本经书并不是人人都能看，一般的人哪怕只看一眼，就会疯了。

爸爸没有全部烧掉东巴经。

村里的东巴悄悄为他送了魂。

妈妈再也不愿到磨房里磨苞谷。

后来，妈妈又嫁给了村里的另外一个男人。不久，妈妈得了鼓胀病，肚子胀起来，胀得很大。

爸爸去世三年后，也就是我七岁时，妈妈也去世了。

爸爸去世时三十岁。

妈妈去世时三十一岁。

我这个人命不好。

④ 阿甲家　咪咪

妈妈死后，后爸爸天天喝酒。

那时哥哥十一岁，他乱跑，不听话，后爸爸会打他。我会藏点吃的，偷偷给哥哥。

后爸爸天天喝酒，他很快得了胃病，最后胃穿孔，死了。

我们兄妹成了孤儿。常常没有吃的，有一碗米就煮成粥，早上喝米汤，剩下的饭加上水，下午再煮一次，就这样吃。

我十九岁到了加黑家（阿甲家），到了加黑家之后，我的两个丈夫都对我很好，他们就像父母一样关心我。

温戈

站在阿甲家门前，可以看到哈巴雪山，走到屋后的坡上，可以看到玉龙雪山。

阿甲家有二十亩山地，这里一块，那里一块，种着苞谷、蚕豆、南瓜、海椒等。家里还有两匹马，十几头猪。

每天一早，咪咪都要花很长时间来喂马，喂猪。

咪咪来到加黑家之前，阿甲和降初曾经有过一个女人。

阿甲爸爸活着时，曾说下卡瓦村的一个叫温戈的女孩给阿甲和降初做媳妇。爸爸死后，妈妈说爸爸说过的话要照着做。然后就要阿甲和降初娶了卡瓦村的温戈姑娘。

阿甲十五岁（1976年出生）、降初十九岁那年，他们娶了卡瓦村的温戈姑娘。

④ 阿甲家　温戈

温戈比阿甲大一岁，比降初小两岁。

温戈和降初相处得很好，但阿甲不喜欢她。

他们在一起两年，没有孩子。

有一天阿甲就对降初说，你就和她单独好吧。

降初说，你如果不喜欢她，那么我也就不和她好了。

母亲就把温戈又送回了卡瓦村。

回到卡瓦村，温戈一直在家里干活。干活时温戈都穿草鞋。有一次温戈的脚掌被刺伤了。

温戈的脚肿了起来，她走不了路，很长时间也不好。

一天，有个游医到了村里，家人就请他为温戈看脚。游医自称来自云南，他要为温戈做手术。

能到卡瓦这样偏远村庄来的游医其实也不多，一个月或者更长的时间才能遇见一个，

所以温戈的家人不能错过这个机会。游医们穿着并不干净的衣服，一般骑着毛驴，在尘土飞扬的连接着村与村的山间小道上慢悠悠的，漫无目的的游荡。谁也不知道他们到底来自哪里，他们没有多少东西，毛驴背上挂着个肮脏的皮包，包里放着他们给人治病的工具，还有药。工具有灸针、手术刀、镊子、钳子、锤子等，这些工具上甚至还有血污和锈迹。

他们可以随时随地为病人手术，拔牙，剜除身体上任何部位的各种囊肿，他们善用麻沸散，但麻醉效果往往并不好，手术中的人常常疼得哭喊挣扎，病人满嘴血或者用手捂住身体血淋淋的某个部位逃跑的样子，很吓人。游医包里的药丸品类并不多，但颗颗就像仙丹，没有它不治的病，头疼可以

吃，胃疼可以吃，关节疼可以吃，心口疼也可以吃。游医不仅给人治病，他们同时也给牲口治病，骟鸡骟狗骟猪更是他们的专长。

对于偏远村庄里的病人来说，神出鬼没的游医有时就像救星。

温戈也就这样被游医做了一个手术，但她没有像一般人那样疼得大喊大叫，虽然手术时流了一地的血，游医用那把脏乎乎的小刀在她的脚底板上挖来挖去，苍蝇叮满了她挂着汗珠的脸。温戈咬着牙一声没吭。温戈什么都能忍。

手术完了后，游医用家人找来的一块沾着蛛网的灰布条，将温戈的伤脚包扎了起来。

留下几片药丸，游医就走了。

手术后，伤口一直出血。
温戈吃了药，但血仍然不止。
药吃完了，脚仍然不好。
后来因失血过多，又感染，温戈死了。
温戈是从阿甲家回来两年后死的，死时二十一岁。

④ 阿甲家　温戈

咪咪，阿甲，降初

咪咪做的午饭是酸菜汤和烙玉米粑粑。咪咪首先给妈妈克米盛饭。克米每次吃饭前都做祈祷，"感谢菩萨、感谢祖先，因为你们保佑，我们一家人现在有吃有喝，你们的饭也已经盛上。"她一边祷告，一边将碗里的食物捏一撮放在锅架上，将要喝的汤淋一点在锅架上，说完"请吃吧"，然后她才吃，才喝。

咪咪站在锅台前，不停为克米，为阿甲、降初加饭，盛酸菜汤。

等所有人吃好，收了碗，咪咪才吃。

阿甲的讲述（2011 年 11 月）：

我喜欢咪咪。我喜欢咪咪，降初也喜欢咪咪。

咪咪的家离我家只有几十米远。咪咪，我，降初，从小就在一起长大。我请东巴算过，我和降初还有咪咪的八字合。

咪咪十九岁那年的冬天，来到了我家。

我家穷。我十七岁的时候才穿上鞋。

小时候没鞋穿，下雪天，我和降初搂在一起，然后每人出一只脚，一二三，再换另一只脚，这样，各人就始终只一脚在雪地里，少些冻。晚上，两人盖一张羊皮，在羊皮下发抖。

结婚时，我家送给咪咪一件镶边的衣服，还有一条裙子。

我家杀了两只羊、两头猪，又杀了一头牛，还买了五十斤的酒。酒是我从云南永宁背回来的。永宁到俄碧，马帮要走两天，但我只用了一天就走到了。到家时，我的腿肿得很粗。那年家里没有粮食酿酒，就去永宁买，酒五角钱一斤。

咪咪，我，降初，结婚一共花了一千块钱。

我家给咪咪的亲戚每家送了一斤苞谷酒。

妈妈克米去接咪咪，她还请了村里的一位老人一起去的咪咪家。那天晚上，村里的年轻人都聚到咪咪家，他们挤在一起喝酒，直到天亮。

咪咪天亮时过到我家来。

我和降初到半路接咪咪，虽然我们两家离得很近。到了家，我们三个人坐在火塘前，火塘前放着好吃的，糖、鸡蛋、肉肠、酒。我们三个人一起对着火塘边的菩萨磕头，然后咪咪拿起好吃的，往降初和我的嘴里喂，我和降初也把好吃的往咪咪嘴里喂。

东巴念经，将一根红色的绳线剪成三截，扎在咪咪、我，还有降初的脖子上。然后咪咪、我，还有降初，一起到村里

④ 阿甲家　咪咪，阿甲，降初

131

去走亲戚。下午，亲戚和村里人带着礼物来我们家，他们带的礼物是茶、衣物等，也有的是给五元钱。

亲戚朋友在我们家喝酒，跳舞，热闹三天。

咪咪在我家住了三个晚上，然后要回她自己原来的家。咪咪再来我家的日期，东巴定。

二十天后，我和降初把咪咪接到家里，并把家里的钥匙交给她。从此屋里的所有事都由咪咪掌管。她煮饭、喂牲口，我和降初一个外出找钱，一个在家做重活，里外都顾到。

到了年底，咪咪生了第一个孩子，儿子，取名加黑昂扎。

第二年年底，咪咪生了第二个孩子，儿子，取名加黑一夏次里。

第三年年底，咪咪生了第三个孩子，女儿，取名加黑次里拉姆。

第五年的夏天，咪咪生了第四个孩子，儿子，取名加黑儿支尔。

结婚后的前三个月克米妈妈对咪咪没有说什么，三个月后，克米妈妈开始数落咪咪，说咪咪常常把加黑家的东西拿去接济她的兄弟家。

咪咪和克米妈妈的关系变得不好起来。

咪咪想过离开加黑家，回自己原来的家里，但阿甲和降初对她很好，她舍不得。

加黑家菜园里有一棵刚种下不久的柳树，柳树生出了七根枝条。一天，咪咪在被克米妈妈数落后，一个人来到了菜园。她站在这棵小柳树前，觉得自己就和它一样，刚刚来到一个新的环境，面临很多很多同样的难题。咪咪用手抚摸小柳树的枝条，枝条柔软细嫩，她把小柳树的七根枝条编成一股，并且发愿说如果小柳树或小柳树的七根枝条有一根死了，自己就离开加黑家。如果小柳树或小柳树的枝条不死，她就继续留在加黑家。

从此咪咪就每天去看小柳树。小柳树的枝条也没有一根死掉。一年过去了，小柳树长得更大了。两年过去了，小柳树长得更高了。三年过去了，小柳树长得更粗了。就这样，许多年过去了，小柳树变成了大柳树，它越长越茂盛，七根枝条也没有一根死掉。

咪咪仍然每天来看柳树，给柳树浇水，她把柳树当成了母亲，什么事都对它讲，快乐烦恼都对它倾诉。克米妈妈不管再说她什么，她也都不再放在心上，因为柳树长得好好的，因为柳树上的七根枝条都长得好好的。

咪咪的这个秘密谁也不知道，阿甲不知道，降初也不知道，她只放在自己的心里，放了二十一年了。

咪咪在加黑家留了下来。

咪咪的讲述：

　　到加黑家已经二十一年了，我想做什么我两个老公都会支持我，不会阻拦我。虽然我的命不好，但是我嫁了两个很好的老公，这算是命运给我的一种补偿。

　　我一直有病，我的病不是在加黑家得的，我来加黑家之前就已经落下了病根。小时候常常没有吃的,所以我从小就得了胃病。那时只要有一点吃的,我就尽量留给我的哥哥和弟弟们,自己假装吃饱了。这样就给自己留下了病根。

现在生活变得比以前好了,但是自己也没法吃了。

也考虑过去治病,但是孩子都在念书,没有钱,就一拖再拖,病也越来越重。孩子有读书的机会就该送他们去读书。看着孩子能读书,自己的心里就会很安慰。

以前孩子还很小的时候,男人都出去打工,每次我去喂猪,都不放心留在屋里的孩子,有一次急着回屋里,脚下踩空了,从高处落下,摔到了圈里的猪食槽上,当时我就昏过去了。过了很久,我醒来,发现自己躺在猪圈里。我慢慢爬起来,听见孩子在哭。听见孩子哭我就忘了痛。那时我还很年轻,没有什么感觉。过了两三年之后,伤的地方才开始痛,一直痛到现在,半边身子都在痛。医生建议我先把胃病治好,然后再去治其他的病。但我想先忍着,钱给孩子念书。

克若里的悬崖

阿甲和降初有个哥哥，叫克若里。
因为加黑家很穷，有一年乡里给了他家一些救济粮。
家里就让克若里去乡里把救济粮领回来。
救济粮有八十斤。
克若里没有马，他就把救济粮寄放在乡上的一户人家。
克若里回村借马，第二天才把救济粮驮到家。
妈妈发现救济粮的斤数少了。
赶了一天的路，克若里又累又饿。一听说粮食少了，他就很着急。那年克若里二十岁。
妈妈太心疼粮食，就骂克若里，骂他说你连吃草的都不如。
又着急又自责的克若里说我死了算了，然后他就跑出了家门。

克若里被家人和村里人从山里找了回来。妈妈对他说粮食少就少了，其实也没有少多少，我不怨恨你了，我不该那样骂你。但克若里仍然不能平静。

家人守着克若里安慰他一个星期，还请东巴做了法事。

克若里说他好了。然后他到庄房去做活，和父亲、兄弟一起。

父亲最懂得儿子的心思，他从克若里的眼神里瞥见了令他不安的东西。父亲让克若里在庄房（田边的小屋）里休息。

父亲又将庄房的门从外面扣起。

兄弟干活渴了，回庄房去喝水。喝完水，兄弟再去地里干活时，忘了把门扣起。

父亲看到克若里走出了庄房，他朝着父亲还有兄弟的方向望了望，然后弯下腰来挽裤脚。

父亲突然就大喊起来，他像疯了一样，扔下手里的活边跑边喊。

克若里挽裤脚是准备快跑，父亲知道。

克若里你不要跑，克若里你不要跑。

克若里像听不见父亲的喊声。他挽好了裤脚，他再一次朝着父亲还有兄弟的方向望了望。

克若里你不要跑。克若里你不要跑。

父亲的声音里带着哀求和绝望，在山谷里回荡。

离庄房不远处有一个放羊人，父亲又朝放羊人喊，请他拦住克若里，别让他跑。

放羊人和克若里相距不远，两个人几乎同时起跑。

放羊人说克若里像只鹿，他跑得太快，山路上怎么能跑得那么快？

放羊人追着克若里跑了约一公里的路程后，就被克若里远远地抛开了。

放羊人看着克若里一直向着悬崖跑，跑到悬崖顶上了克若里也并没有丝毫停留，他就飞一样地纵身跃了出去。

那座悬崖有六七百米高。

放羊人看着克若里像一片青叶向着崖底落。

父亲也看见了，他就在放羊人的身后。在克若里落入崖底的那一瞬，父亲的心也跌入了遍布刀锋的深谷。

村里人在悬崖下找到了克若里。人断了。头也没有。冲碎了。

请东巴做了法事。

砍了柴，烧了。

克若里已经结婚。结婚一年。没有孩子。

克若里死后，爸爸对阿甲和降初说你们两兄弟娶了嫂子诺米吧。

阿甲和降初不同意。当年阿甲九岁，降初十二岁。

爸爸就对诺米说，你要愿意留下，就留下，要走，就走。

诺米回家了。诺米那年十八岁。

克若里死后不久，父亲就也死了。

④ 阿甲家　克若里的悬崖

几年后，就在克若里跳崖的那个地方，阿甲的一头骡子在背柴时也从崖上摔了下去。

阿甲下到崖底时，骡子还没有死，它的脖子断了，躺在那动不了，眼睛睁得大大的。

阿甲就守在骡子的边上，抚摸它。

天黑了，降初见阿甲还不回，就去找。降初在崖下找到了阿甲，降初就和阿甲一起在骡子边守护。夜里，他们在崖底点了篝火，这样骡子不会冷。

直到第二天中午，骡子才死。

骡子死后，降初把骡子身上的鞍卸下带走。

阿甲说，别卸了，给它带走。

降初说，你想让它死后还要背柴吗？

阿甲就不再说什么。

临走时，阿甲把自己身上的衣服脱下，盖在了骡子身上，这件衣服也是阿甲当时身上最好的东西。

降初说，大哥活着时喜欢这头骡子，这头骡子是去陪哥哥去了。

阿甲的经书

阿甲希望能通过念经为家里祛除不顺，带来好运。

阿甲十几岁时，妈妈身体不好，经常生病。家里没有钱看病，妈妈一生病，就会让他去请东巴来家里念经。东巴念经不用钱，但要给他喝酒。

阿甲描述他小时候请东巴回家给妈妈念经时，让我想到洛克描述过的这一场景。1923年的某一天，洛克在丽江雪嵩村的住所里被从隔壁传来的一种怪声所吸引，他走过去探听究竟：

> 有三个男巫身着宗教服饰，他们修建了一个可称为"花园"的场所。栎木和松柏的细枝遍插其中，未加工过的松木牌被染成黄色并画上各种鬼神，它们与冷杉枝

一起插在土堆上。在后面一张桌子上摆满了麦种、陈蛋和各种干的豆类。此外，他们用生面揉成各种各样的动物俑。五彩小旗上面写有咒语；那些生面揉成的动物俑，有正在饮酒的蛇、山羊、绵羊等等。男巫们开始绕着它们舞蹈，其中一位使黄铜钹，另一位用他的剑周而复始地敲锣，还有一人击鼓。一位病妇躺在床上观看着所有这一切看似单调愚昧的行为。

洛克当时当然不相信这些"神汉"们（东巴）的"愚昧的行为"，特别是他们使用的"一种奇特的手抄本单调地吟诵"能治得了病人的病，所以他干脆上前为那妇人量了脉搏，诊断了她的病，还给她擦了一点蓖麻油。但最终洛克仍然没有逃脱"奇特的手抄本"（东巴经）的诱惑，他成了一名很专业的东巴经研究者。

阿甲说，东巴来家里念经的那天妈妈身体好，不念了就又不好。就这样一天好，一天不好，不停请东巴。咪咪来家里以后，身体也不好。天天请东巴，也请不起。二十四岁那年，阿甲决定干脆自己学东巴，自己念经。

阿甲的叔叔是东巴，有个舅舅也是东巴。阿甲请叔叔和舅舅酒喝，跟他们两个学，叔叔和舅舅就给了阿甲几本东巴经，教他念。俄碧的东巴经遭毁过，现在的经书不少都是老东巴凭记忆重新写出来的。慢慢地，阿甲学会了念经。

阿甲念的经有：《出八尼特厄》，烧香时念；《苏酷特厄》，请神时念；《秋苏特厄》，除污秽；《那切沙特厄》，敬水洛神；《热匡乌皮特厄》，送山神；《尼祖百迈》，打卦经。念不同的经有不同的仪式。

比如念热匡乌皮经：

用一块木板，木板上放上火塘灰，五堆，灰上再放一颗火炭，再把松枝放火炭上，捏着糌粑在病人面前念经，念完把糌粑放在松枝上，再把木板端着在病人面前转几圈，然后把木板上的所有东西倒在干净的地方。

念敬水洛神经：

用瓢装清水，清水里放些牛奶或者酥油，然后放上本本巴花（这种花收苞谷时开，黄色的，采来晒干，放家里备用），再放茶叶，再放柏香，再放米，然后用松枝搅，一边念经一边搅，念完经，哪里有水就把瓢里的东西倒在哪里。念送水洛神经之前要打卦，确定地点。打卦是用两个剖开的桃核，在碗里掷三次，然后根据桃核的正反面对应经上的解释。

二十八岁那年，阿甲开始到龙达河边挖金。一年挖得的金子能卖一千到两千块钱。有了钱就可以去永宁买点药。吃药，妈妈和咪咪的病好多了。

吃药比念经治病效果好，阿甲就不念经了。

这几年，金不让挖了，没钱买药，妈妈的身体又不好了，咪咪也生病，家里还接连发生不好的事情。

今年6月，阿甲在家雕木头，由于用力过猛，锯子崩断把鼻子掀开。阿甲满脸是血，嘴里也汩汩往外冒血。

咪咪被吓得魂飞魄散，她先是抱着头在阿甲身后转了好几个圈，然后才大声哭喊着往村里跑，去叫人。

阿甲用手将掀开的鼻子按回到原处，用手捂住，然后就往江边的姜医生家方向跑。姜医生家离阿甲家有十多里路。

阿甲快跑到江边时，有人告诉他说姜医生不在家，在村里（这人也是去找姜医生，姜医生家人告诉他姜医生去了村里）。阿甲又转头往村里跑。

阿甲捂着鲜血淋漓的脸在路上跑，吓坏了不少村里人，他们不知道到底发生了什么事情，就也跟着阿甲跑。

姜医生在中村，最先找到姜医生的是咪咪，她什么话也没说，一把抓住姜医生的手就往家里拖。

阿甲坐在家里的猪圈边上，鲜血顺着他的指缝往下淌，浸透了衣裳。

姜医生拿开阿甲的手，检查了伤情。

这么大的创口，需要缝合很多针。然而姜医生身上没带缝合创口的针和线。

这时，阿甲的周围已经站了很多人。降初这天一直在地里干活，听到村里吵吵嚷嚷，他就停下活朝村里望。这一望令他心里一凉，他看见不少人正往自己家方向跑。降初连手里的镰刀都没来得及扔下，就也急忙朝家里跑。降初拨开人墙，看见满脸是血的阿甲，就一下瘫坐在了他的身旁，直到姜医生到了，降初才又有了力气，他用手扶住了阿甲的肩膀。

姜医生说要派个人去他家拿针线。降初就急忙站起身。

平时两个小时的路程，这次降初四十分钟就往返了。

到了姜医生家，降初拿过针线就往回跑，姜家人还想给他止疼药，但一转身降初已经不见了。

姜医生在猪圈边上，给阿甲做完了面部缝合手术。

阿甲在火塘边躺了五天。

到了第五天，阿甲的脸还整个肿着。下午，躺在火塘边的阿甲迷迷糊糊中听见咪咪说眼睛里进了火药。眼睛里进了火药？谁的眼睛里进了火药？阿甲坐起身，追问咪咪。

咪咪故作平静地说，降初刚刚去了下面吉鲁甲若家，他想用吉鲁甲若家儿媳妇的奶水洗眼睛。

阿甲大声说，是降初的眼睛里进了火药？

上午，咪咪让降初到中村的舅舅家请牛耕地种包谷。下午耕完了地，降初又把牛还给了舅舅家，回来路上他遇到中村的仁卓在试枪。仁卓喊降初也过来试一下。仁卓的枪原来是气钉枪，现在被他改造成了一支可以打猎的火药枪。

仁卓把枪递给了降初。

降初接过枪时，感觉枪很烫。它已被试过十几枪。

枪药装好，降初把枪端起贴紧脸颊瞄准，就在他扣动扳机时，枪药炸膛，铁沙从后面喷出，射进降初眼睛。

降初被咪咪叫了回来。

阿甲有个放大镜，是他淘金时买的。阿甲叫降初把眼睛睁开，然后他用放大镜看。阿甲看到降初的（左）眼球上有二十多粒铁沙。阿甲让咪咪找一根缝衣针来，他一手拿着放大镜，一手捏着缝衣针去拨降初眼球上的铁沙。铁沙嵌在眼球上，缝衣针拨不动它。

降初疼哭了，但他不敢哭出声。

阿甲也哭了。他想不通这是为什么，兄弟两人一个刚刚受伤还没好，另一个又成这样。

一家人哭了一场后，阿甲找了一张纸把降初的眼睛包住。晚上，降初疼得直打滚，但他始终没哼声。

第二天天不亮，阿甲就到中村找仁卓。阿甲向仁卓借了三千元钱，又去请舅舅带降初到宁蒗治眼睛。舅舅的眼睛也曾经受过伤，他是在宁蒗治好的。

在宁蒗，医生从降初的眼球上取出二十九粒铁沙子。

阿甲中断十多年的念经，重又开始。现在他每天醒来的第一件事就是端坐火塘边，焚柏枝，念经。

在一户村民家里的姜医生

俄碧村阿普南家高土米（中）和她的两个丈夫

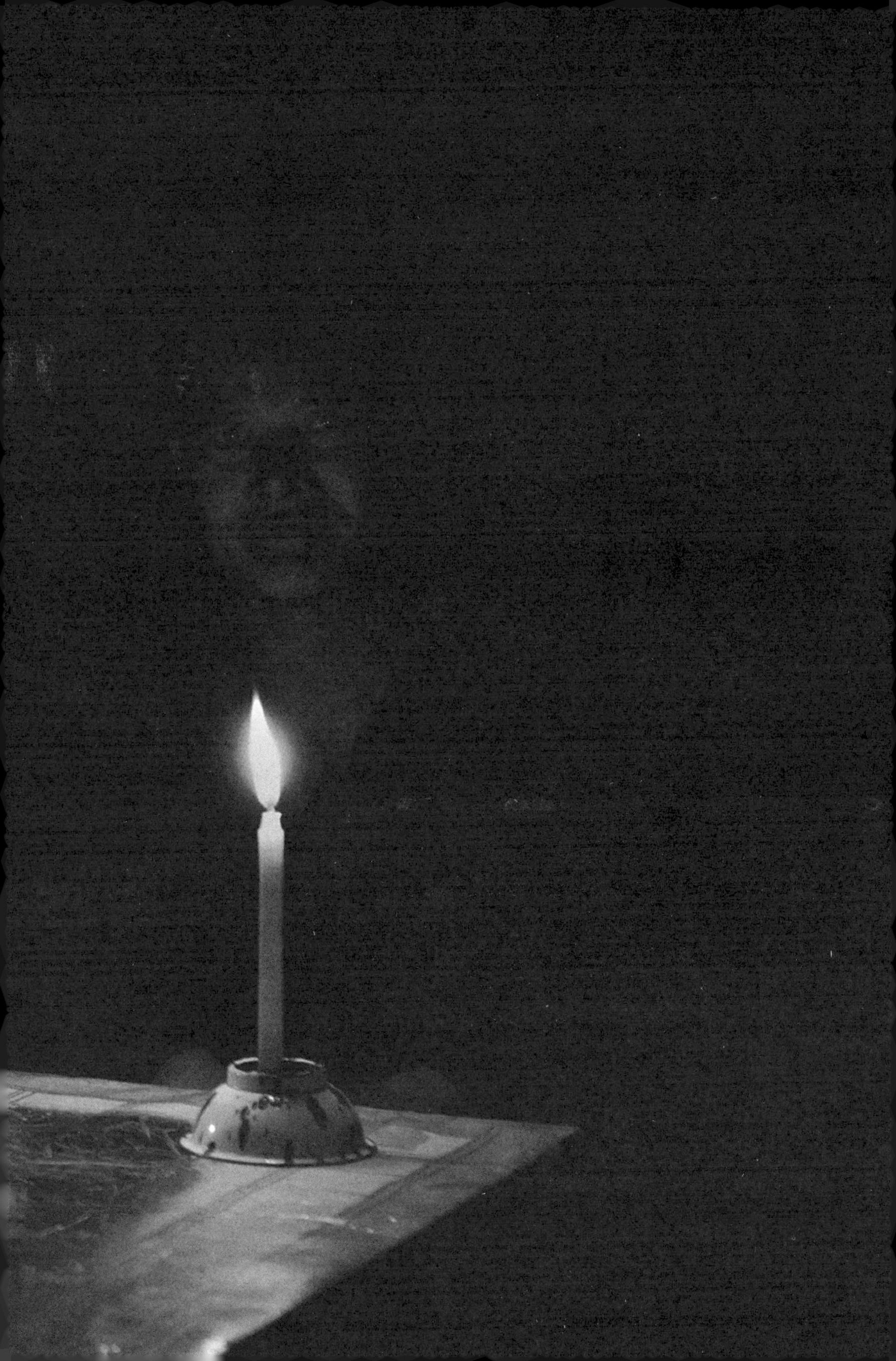

俄碧村双目失明的宛歌

乡卫生院

卫生院里用毯子裹住身体的病人

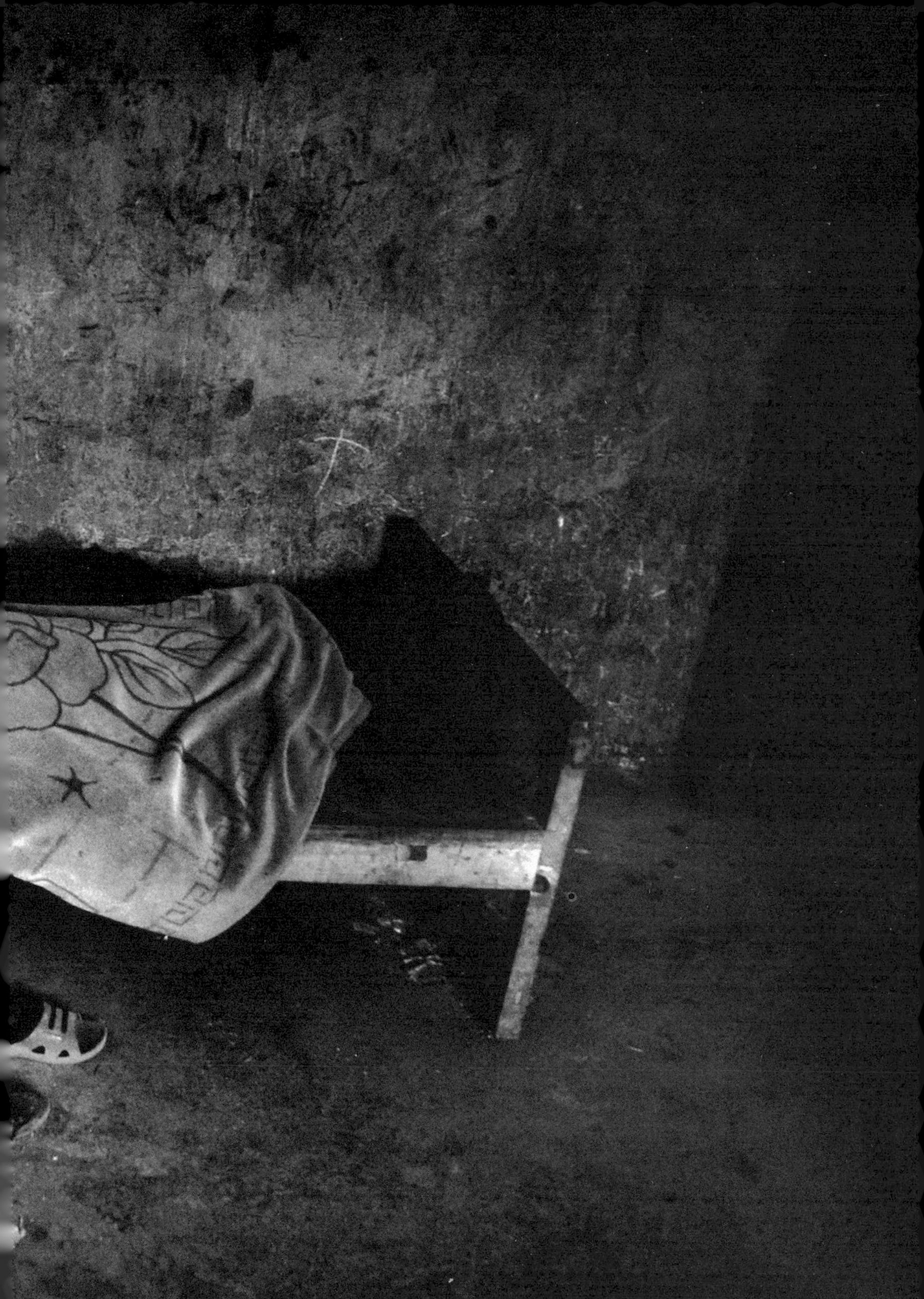

跳驱魔舞蹈的东巴

木里病人

5

俄碧村

※

哈美的讲述

※

捕熊人

※

新娘央宗卓玛

※

臭石

※

央扎之死

※

央诗布迟的讲述

※

兰卡的痛苦

哈美的讲述

（哈美是俄碧村的东巴。俄碧村还有一个东巴叫英扎。哈美的父亲和英扎的父亲也都是东巴，但现在他们已年老，无法再做法事。）

我们在俄碧圣山下念东巴经文已经有五代人了，我的祖师爷的名字叫哈拉巴，第二代是我师祖鲁茸，第三代是我师爷瓦拉，第四代就是我父亲英扎次里，第五代就是我，我叫哈美。

马上过年（纳西节，在农历十一月）了，我要帮村里每户村民家做法事，放生鸡。年后，要帮每户人家敬山神，在山上杀一只鸡。再过一段时间，帮每户人家断口嘴，断口嘴的时候，就有鸡杀鸡，有猪杀猪，帮大家念东巴经，村民会送我茶烟酒之类的东西作为一年的礼品。

晚上，有病人的人家会来请我去家里"送鬼"。第二天，病人会对我说："感谢你为我做的法事，我已经好了。"

这个圣山下，现在能念东巴经的只有两个人，一个是英扎，一个是我。整个村有七十六户，都是我们两个做的法事。除了本村的七十六户，其他的村，像巴洼村、拉鼻沟村、古支村，还有总口村，他们是汉族，也会请我们两个去念经、做法事。

我这个东巴是父亲传给我的，现在我准备把我的小儿子也培养成东巴，我的小儿子名叫瓜祖里。东巴要世代相传。

村里如果有人去世，就会请我们去念经做法事。这个村有富裕的人，也有贫穷的人。

富人做富人的事，穷人做穷人的事。村民随时会请我们去敬水神、送鬼、喊魂、烧香，我们都会去。

东巴帮助村民是无偿的。有些村民会给我一杯茶水或者酒，有的请我吃一顿饭，说一些感谢的话，也有的人会赠送我一些茶盐作为礼物。有时我自己的农活干不完，村民也会来帮我。东巴就是这样。

我们这些边远山区的人，去医院很难。有了病，村民们习惯先请我们去做法事，看看病会不会通过做法事好起来，如果是实在好不了，他们那才会请人帮忙往医院里送。

如果病人请我们，我们就去。如果病人请医生的话，就请医生。

我们东巴，有人请我们帮忙，不能不去做。

10月16日那天，有一户人家请我去做法事。那户人家的病人后来康复了。前天我又去帮一户人家烧香、转山、喊魂。这户人家的病人现在也康复了。这户人家送了我一点茶叶作为酬谢。

我们要在家里做农活,也要去帮村民做法事。东巴的生活就是如此。

捕熊人

一早，阿甲念完经便去庄房那边找菌子。降初和儿子昂扎也要去山上采蜂蜜，咪咪还为他们准备了路上吃的午饭。昂扎带了一只塑料袋，降初拿着一把砍刀就出发了。降初说要爬上四方茶（一块像四方形茶砖的巨大岩石，俄碧传说：从前人和鬼混合在一起，后来天上派天使下来把人和鬼分开，把鬼全部关在山里，四方茶就是关鬼的那扇门。村里人相信四方茶要是塌掉，天下就会不太平）后面的那座山崖，然后再翻山，从山后绕过来，一路都是悬崖，要到晚上才能回到家。

以前俄碧村发生过采蜜摔死人的事，就在四方茶后面的那个山崖上。过去那里有窝杀人蜂，杀人蜂的蜜很甜，但杀人蜂蜂窝同别的蜂蜂窝不一样，杀人蜂蜂窝是吊在悬崖上，像个箱子悬在空中。采蜜人要带根长杆，再带口锅，先用长杆在蜂窝上捅出一个洞，然后长杆一头插在蜂窝，一头放进锅里，蜂窝里的蜜就沿着长杆全部流到锅里。那次，采蜜人在蜂窝下方放好锅，然后就用长杆捅蜂窝。他捅了几下都没有捅破蜂窝，这时候成百上千的杀人蜂从窝里飞出来围攻他，他躲，结果一脚踩空，掉到了悬崖下。降初说那个采蜜人的锅和长杆，至今还在那里放着。从前崖上能找到七八窝蜂，但现在找不到了。找的人太多。

　　降初会根据蜂的飞行路线找蜂窝。早上出巢的蜂，飞小S路线。傍晚回巢的蜂飞大S路线，背着花粉，飞得有点慢。观察蜂的飞行路线，最好是在太阳正好落到山顶，这时大山成了阴影，阳光又还能从山顶上照过来，这时人站在阳光下，对着大山阴影，只要有蜂飞过就会看得一清二楚。蜂落在哪里，就去哪里，到那里它又会飞起来，再追，这样一直追到蜂巢。只要能看到有蜂飞过，降初就一定能找到蜂窝。

　　快到中午时，阿甲手里拿着两朵白鸡枞回来了。只找到这两朵，他说。

　　阿甲在火塘边喝了一碗茶，就又去打猪草了。

　　昨天夜里两点左右，屋外吵吵嚷嚷，有两个人到吉鲁甲若家找他，说发现山上有东西，可能是老熊。吉鲁甲若背起枪，就跟着那两个人上山去打老熊了。当时满月挂在空中，天色异常晴朗，能看得到冲天河对岸的山上。吉鲁甲若家在阿甲家下方十来米的地方，吉鲁甲若曾邀请我去他家，他拿出熊胆，还有熊掌给我看，希望我购买。阿甲说，他爸爸加里达支过去打过十八只熊，麂子、獐子、岩羊更多。

他小时候，家里有一箩筐的熊头骨，后来都被扔了。打到熊，熊头和熊脚杆熊手杆归猎人，其他的部位交到合作社。捕熊是这里的传统，虽然已被禁止，但仍有人在偷偷干。有一次路过鲁司村（离俄碧村几十里路），向导高古英扎一路也都向我讲述捕熊的事，他们村仍有专门的捕熊人，每年村里都会捕到三四头熊。

高古英扎还讲了两种最常见的捕熊方法。一种是挖井，在熊经常经过的地方，挖一个五米深的竖井，井底插入竹签和铁签，签上涂有毒，老熊一旦落井，就会毙命。还有一种方法是用炸药，将炸药裹在老熊最爱吃的蜂蜜里，放在老熊容易找到的地方，老熊一见到它最爱吃的蜂蜜，就会扑上去。老熊嘴巴炸烂，耳朵炸聋，眼睛炸瞎，但还活着，这时再上去用石头把它砸死。高古英扎问我要不要熊胆，村里就有。当地人把熊胆与黄金同价。

中午，咪咪从房梁上取下两条干猪腿，今天她要到中村看望两位病人。村里看望病人都带干猪腿，干猪腿谁家也不会吃，只当礼物，我送你，你再送他。咪咪家有好多条干猪腿。

咪咪先去看望的是瓜里，瓜里是咪咪舅舅，六十二岁了，他食道出了问题，已经无法吃东西（瓜里一个月后去世）。看望过瓜里咪咪又去了阿普纳家，咪咪说高土密的女儿若马雍卓肯定要好起来，她才二十四岁，不然实在太可惜。

高土密的讲述：

⑤ 俄碧村 捕熊人

159

若马雍卓十一岁才上学，她是家里最大的孩子。她要帮家里干活，要放牛。等到她妹妹读书读到三年级不读了，若马雍卓才去上学。在俄亚大村上的小学，上学路上要走五六个小时。若马雍卓读完了小学，然后又到瓦场上初中，瓦场离家更远，一学期才能回家一次，都是自己想办法回家。

若马雍卓是在瓦场上初二的时候出现问题的，但当时老师没有告诉我们家里。上初三时，她站在那里一站就半天，不动。有一次她在学校门口站着不动，也不说话，有人上去问她，她就拿起东西打人。

刚刚知道她病的那年，家里带她到宁蒗看过，丽江也看过，花了两万多块。

带到西昌去检查过一次，说是脑积水，从腰杆里抽点水，开了点药。

四年了。

发病的时候不帮家里做事，乱说话，骂人。

爸爸在稻城打工，妹妹也在稻城打工，挣钱回来给她看病。我在家专门照看她。

若马雍卓不看病、不吃药。只有打迷药以后，才能给她灌药。

出去看病，半道上她会跑转回来。我就哄她，说这是带你去读书，她就不跑了，就去了。

咪咪抹了把眼泪。若马雍卓让咪咪想到了自己在外上学的孩子。

那天,降初和昂扎直到天黑才回家,他们没有找到野蜂蜜,降初说有人在他们到达之前采过了。

吉鲁甲若和另外几个捕熊人直到第二天夜里才回村,他们也并无收获。

新娘央宗卓玛

央宗卓玛死的时候十五岁，死的那天是她结婚后的第一个月零九天。葬礼上，东巴哈美为她念了经。

哈美的讲述（2011年11月）：

额吉家十五岁的女儿央宗卓玛，嫁给了加黑一夏家。央宗卓玛家在上村，加黑一夏家在下村。

俄碧村的人家原来都是住在一起的，后来泥石流把村子冲散了。前几年（2007年8月）泥石流冲村子，一位三十多岁的母亲和她十岁的儿子没来得及跑，就被倒塌的房子砸死了。

这户人家是村里最有钱的，家里有一千元钱冲没了。老婆儿子死了，钱也冲没了，丈夫就哭。乡长说：有共产党在，你们放心。后来政府给了他家两床棉被，一千五百元钱。现在每逢雨天，村里每户都会出一人来巡逻，一发现有山洪下来，就敲锣，然后村里人就都往村外跑。

泥石流把村子冲出一条深沟，一部分人家只好搬到上边去，村子就分成了上村和下村。

上村的央宗卓玛嫁的是下村加黑一夏家的两兄弟（共妻），两兄弟大的叫牙若，二十二岁，小的叫杜基，十七岁。他们是今年（2011年）一月结的婚。央宗卓玛的妈妈是牙若和杜基妈妈的亲妹妹。

央宗卓玛上过两年级，牙若上过三年级，杜基上过五年级。

那天牙若和杜基两个在家里干活，央宗卓玛去放羊。七十只羊，两家的，加黑一夏家和额吉家两家的。央宗卓玛结婚妈妈送了十只羊给她，现在妈妈家的羊没人放，所以也就请她放。

放羊要到山坡上放。

前几年，村里有人买了台微型发电机，在山坡上挖个水塘，白天蓄水，晚上放水发电。

一塘水可以发一两个小时照明电。后来各家各户就都这样做。各家水塘有远有近，有几百米的，也有几千米的，就用普通的小铁丝引电，用细细的木杆撑着电线，歪歪斜斜的，风一吹就倒。屋檐下，树丛里，山坡上，到处拉着电线。

央宗卓玛赶着羊上山时，看到一根电线垂在那，她就用手抓起电线，然后弯腰过去了。

央宗卓玛放羊的地方，可以看到家，看到在田里收蚕豆的丈夫。

下午，央宗卓玛赶着羊下山，又到了那根垂着的电线前，羊都过去了，央宗卓玛就像上山时那样，想用手抓起电线，然后弯腰过去，但这次电线有电了。央宗卓玛刚一触电线，就被电倒在地上。

那天和央宗卓玛一起放羊的还有牙若的妹妹克米。克米十三岁。

克米看到央宗卓玛被电倒在地上，她就拼命往家里跑，去喊人救央宗卓玛。

牙若和杜基，还有爸爸、爷爷，都急忙往坡上赶。他们用棒子把电线打断，这时央宗卓玛已经断气了。

央宗卓玛是在外横死，按照纳西习俗她死后不能回家。就在她死的那个坡上找了一处平整的地方，将她放在那。

央宗卓玛的爸爸正在龙达河挖金，家里派人送信给他。爸爸连夜往回赶，第二天鸡叫的时候到了家。

家里人给央宗卓玛换上了新衣裳，新衣裳是她结婚时的衣裳。

念经的时候，家人又杀了四只羊，送给死去的央宗卓玛。那根电线的主人牵来一头牛,央宗卓玛的爸爸把牛杀了,也送给了她。

人们从山上砍了七背柴,码起来。

家人脱掉央宗卓玛的衣裳,把她全身抹上猪油,然后放到了柴堆上。

柴堆点火之前,所有亲人都要离开。央宗卓玛的两个男人哭得很伤心,牙若刚从东宁回到家两天,他把买给她的洗头水、擦脸油、镜子,都放在了她的尸体前。

臭石

伊若杜基明天要到龙达河去挖金,晚上他来阿甲家和小妹咪咪告别。

咪咪给哥哥伊若杜基敬了酒,然后就坐下谈话。其实兄妹俩只是刚刚落座时有过一问一答,然后便在火塘边低头闷坐。伊若杜基偶尔端起酒碗在唇上抿一下。咪咪似乎想说点什么,但还没有开口却先抹起了眼泪。此时离他们的弟弟高吉央扎挖金摔死还不到一年。

龙达河已经不许挖金,伊若杜基这次是悄悄去挖。往年挖金能挣几千元钱,勉强维持一家人的生活,今年(2011年3月起)禁挖,村里不少人家的生活难以为继。村里小学已经有五个孩子退学,村里上中学的学生也已经有三个退学。

阿甲问我湖南是不是最富的地方。

不等我回答他就又说龙达江挖金的大老板是湖南的,大老板用现代化设备挖金,大老板手下还有七个老板,每个老板有三四辆挖掘机,三四台推土机,十几台大货车。他们二十四小时挖,把河里的沙子挖出来淘金子,河里的沙子被他们整个翻了一遍。据说他们一天能挖两百斤金子,最少也有几十斤。当地人用老方法采不到金了。当地人赶老板走,他们再不走龙达河的金子就被采完了。大老板挖金合同上的时间没到期就走了,走时说不许他挖,那么当地人也不许挖,如果当地人挖,他也挖。这样就禁挖了。当地人断了财源。

下洞小心,阿甲嘱咐伊若杜基。

阿甲和伊若杜基是从小一起长大的,他们也一起下金洞挖过金。挖金就是拿命去搏,祖祖辈辈都是这样,阿甲和伊若杜基挖金时几次死里逃生。

一次,阿甲和伊若杜基,还有另外一个村里人下金洞挖金。他们每人带一把松明,还有一盒火柴。金洞很窄,也很深,洞里又有岔洞,许多年来一直有人挖,岔洞蜘蛛网一样乱。他们分头进了不同的岔洞。开始时,互相叫唤还能听见,后来叫着叫着就听不见了。

伊若杜基一手握着松明,一手撩水淘金沙。他只顾盯着金沙看,忘了松明快燃尽。松明熄了。伊若杜基去摸火柴,一不小心他又将火柴掉到了水里。洞里漆黑,伊若杜基很害怕,他感觉黑暗像岩石一般从四面八方向自己压过来,压得他无法呼吸。摸索火柴时,伊若杜基就已经乱了方向,后来他四处乱钻,怎么也爬不出金洞。阿甲和另一个村里人碰头后,就叫伊若杜基,可是怎么叫也没有人答应。他们就举着

⑤ 俄碧村　臭石

松明挨个洞去找。一边找，一边叫。

找了几个小时后，阿甲他们终于听到从一个洞口里发出的声音，这声音像一头疯狂了的野兽的嚎叫。阿甲和村里人找到伊若杜基时，伊若杜基身上的衣裤已经全部被他自己撕扯烂了。

伊若杜基逃过一劫，但几年后他的弟弟高吉央扎又死于淘金，留下三个年幼的孩子。

伊若杜基说，还不如当时自己死在洞里好。伊若杜基觉得如果当年自己死了，那么后来弟弟就不会死。

龙达河两边的村庄，几乎每个家庭都有人因挖金受伤或死亡，而每个家庭也仍在做着黄金梦。阿甲的爷爷和爸爸都曾经和他讲过臭石的传说，并且他们也耗尽了一生在寻找。

臭石的传说，爷爷和爸爸也是从他们的爷爷和爸爸那听来的。传说在这片大山里藏着一块臭石，很臭很臭，手摸到它要臭上好多日子，但你一旦找到这块臭石，你也就找到黄金的窝了。阿甲一直相信自己能找到这块臭石。事实上村里许多人也都相信自己最终能找到这块神奇的臭石。

关于挖金，还有一个故事。说有一对夫妇雇了好多工人挖金，但一直挖不到金。年底，这对夫妇所有的钱都用完了，他们就打算和工人吃最后一顿饭，然后各奔东西。由于粮食都已经吃完了，只剩下几斤黄豆，妻子就将黄豆做成了豆腐。夫妻俩把豆腐全部给了工人吃，自己则躲进了小屋。工人们吃着豆腐骂这对夫妇，说只给我们吃豆腐，他们自己躲到屋里吃好的。有个工人悄悄从门缝朝小屋里看，结果他看到这对夫妇正在小屋里流着泪吃豆渣。工人们感动了，决定暂时不走，他们要为这对夫妇再淘一天金。工人们悄悄下了井，只挖了一米，眼前就出现了一大片金光闪闪的黄金。这对夫妇最终因为善良而发了财。这个故事的朴实寓意不用多说，但它其实同时也包含了无数挖金人的幻想，虽然挖金很苦，虽然还没有挖到金，但只要坚持，只要不放弃，就一定会有好运气。

　　龙达河里，以及河两岸的山上，遍藏黄金，但这并没有给生活在这里的人们带来富裕，带来的反而是太多伤害。

　　伊若杜基离开阿甲家的时候，阿甲和咪咪送他，他们在黑夜里走了很长一段路。

⑤ 俄碧村　臭石

央扎之死

阿甲的讲述：

高吉央扎是咪咪的弟弟，去年（2010年）在龙达河挖金被砸死了。央扎死的时候三十岁，他最大的孩子八岁，老二六岁，最小的才五岁。

央扎家地少，两亩多，一年收一千多斤苞谷，不够吃，每年要再买三千多斤苞谷。买三千斤苞谷要两千七百元钱，孩子上学也要花几百元钱，一年用在人情上的钱也要一两千。他家没有钱。

村里有人要挖金，找到了高吉央扎。央扎和老婆央诗布迟商量，说家里这么困难，不如跟着人家去挖金。央诗布迟说，家里娃娃小，那你出门千万要小心，差不多了就回来。

央扎带着衣服和被子,还有挖铲,跟着人家去挖金。

央扎离家半月后的一天中午,上村的一个小伙子克若,到山上找央诗布迟。央诗布迟当时在山上砍柴。
克若对央诗布迟说央扎挖金时被砸了。
央诗布迟一听这话就哭了。
克若又说没有恼火(不厉害),央扎现在已经到俄亚医院了。
央诗布迟就急忙跑回村里,请她哥哥,还有央扎的哥哥、弟弟去俄亚看央扎。央诗布迟也要跟着去,哥哥他们就说不恼火,你不用去,你在家里照看好三个孩子。
央诗布迟信了他们的话,没去,但她心一直悬着。

央扎他们挖金是往下打竖井,竖井打了十多米深。人在井里挖金沙,然后把金沙吊上来淘。那天收工的时候,卷扬机把井下的人一个一个往上吊,等吊央扎的时候,卷扬机开关失灵了,央扎被吊到上面后停不下来,他连人带桶翻了个跟头又落到了井底。
十米多深的井,上面的人不知道央扎摔下去摔得怎么样,就派人下去救他。救央扎的人下到井底,他抱着央扎坐进吊桶,上面的人再次开动卷扬机把他们往上吊。失灵的卷扬机开关并没有修好,他们被吊到上面后还是停不下来,两个人再一次连人带桶翻了个跟头摔入井底。这次,救央扎的人也重重地砸在了央扎的身上。
央扎最后是被绳子捆扎着拽上来的。

⑤ 俄碧村　央扎之死

一起挖金的人扛起央扎，沿龙达河往俄亚跑。三个小时后，央扎被扛进了乡医院。

央扎身上没有伤。他躺在那，不说话。

乡卫生院的医生给他打上吊针。

半夜，央扎疼得直叫。

医生晚上住在家里，央扎哥哥到村里找医生。哥哥要求把央扎拉出去治，他问医生拉出去治要多少钱（但当时家里没有钱），医生告诉他拉出去要很多钱，并且还说这里可以医得起（能看得好）。

那天晚上央扎叫了一夜，哥哥也整夜没合眼。

第二天央扎还叫，医生还是打吊针。央扎自己也要出去治。哥哥知道央扎伤得严重，但家里一块钱也没有，送不起。

第三天央扎肚子胀得很大，大便拉血，小便也是血。央扎说自己好不起来了，希望把他抬回家看一下娃娃。

哥哥求医生帮他治。

第六天早上，央扎突然好起来了，他叫人扶他下床，他可以站起来走路。

央扎好起来了，他就要求回家看娃娃。哥哥说你一星期没吃东西，等再好一点了回家。

咪咪要去看弟弟，但有人传信给她说央扎好起来了，能走了，不用去了。谁知刚到晚上，央扎就死了。

临死前，央扎拉住哥哥的手，对哥哥说他不行了，到时候给他的娃娃一点饭吃。

木里病人

自从央扎出事,央诗布迟就一直不睡觉,晚上眼睛睁得大大的。央扎死的那天晚上,央诗布迟迷迷糊糊睡着了,白天她在山上砍了一天柴,她累得很。央诗布迟一入梦就梦到了央扎,她看见央扎还穿着离家时的衣服,腋下夹着被子,站在门口。央扎看着央诗布迟好像有话说,但又不说。央诗布迟就着急,一着急她就醒了。醒来后,央诗布迟发现自己满脸泪水,她有了不祥的预感。以后她再也没有睡着。

这些天一直有人从俄亚传话回来,说央扎在打针,不恼火。

但央诗布迟心里一直很害怕。

鸡叫的时候,央诗布迟的两个"娘娘"(父亲的姐妹)来敲门,她们告诉央诗布迟央扎已经死了。

第七天一早,村里人(全村每家去了一个男人)把央扎抬出了乡卫生院,抬到伊迪(俄碧村伊迪组),一进俄碧地界,就找了个地方把他放下(纳西习俗,人死在外不能回家)。大家在山上砍了木头,就在那儿把央扎火化了。

火化三天后,央扎的残骨被送到家里。

央诗布迟请东巴为央扎的灵魂念经。东巴在屋里用草编出一个人,然后把央扎的残骨放在草人里,头骨放在草人的头部,腿骨放在草人的腿部,再给草人穿上衣服,衣服是央诗布迟为央扎做的新衣服。

东巴念了两天经,然后把草人抬到老祖宗的坟地烧掉。灰埋在祖先的坟地。央扎和祖先在一起了。

⑤ 俄碧村 央扎之死

央诗布迟的讲述

　　我二十岁时嫁到了高吉家。我和高吉央扎结婚后的第九年，央扎去世了。从那以后，帮我的人也没有，挣钱的人也没有。去干活吧，没人带孩子。带孩子吧，没人干活。我困难得要死，但又不能死，想死也不能死。
　　哪天孩子才能长大？我就这样想。
　　我今年三十六岁，在这三十六年里，我没有幸福过一天。我心里一直很焦虑。我希望我能幸福，哪怕只是一天，我都心满意足。
　　央扎去世时我二十九岁，这之后我没穿过一双好鞋，没穿过一件好衣服。在别人面前，我装作没事一样，其实我的心里像冰块，别人体会不到。
　　央扎死后，我一直心口痛，胃痛，吃不下饭，这种情况持续三四年，后来越来越厉害，饭吃一点吐一点，吃一点吐一点。我的身体垮下去了，人又黑又瘦，我以为我要死了。

我的哥哥要带我去治病。央扎死后，老板赔了点钱，这钱一直不曾动。我说孩子读书要用钱，这钱得留着。哥哥说，如果你不在了，这些孩子怎么办？

我把孩子安置在亲戚家，跟着哥哥去看病。一早出发，孩子们追着我走了很远，一直跟着。我想无论如何要把病看好，早点回来。

从俄碧出发往南走。走到半路我就走不动了。哥哥哄我说马上到了，马上到了。我们沿冲天河边的山道走。很难走。

路上，饿了就吃带的冷饭。我吃了就吐。吃了就吐。

第一天晚上，我们就在一个大岩石下宿了一夜。第二天下午四点多钟，到了三江口。

在三江口找了渡船，铁船，船上那天只有我们兄妹俩，两个人一百五十元船钱。坐了一个小时船，上岸到了云南。再走两个多小时，七点到苗村。有亲戚在那，侄女，她从俄碧嫁到苗村。侄女杀了鸡，我吃了点鸡汤，没有吐。在苗村住了一个晚上。

侄女男人有文化，请他一起去永宁。第二天一早出发，到永宁吃点中午，然后坐车到了宁蒗县。从来没出过村，第一次走这么远的路。

宁蒗县人民医院的医生说：长时间不吃饭，胃已经萎缩，变小了。看得好，不恼火。

⑤ 俄碧村　央诗布迟的讲述

175

在医院，我心焦娃娃，每晚都哭。住了十天院。到了第七天，就舒服了，但饭仍然吃不下。能吃一点点东西了，我就急着出院。

带的一万四千元钱，是央扎死的时候，老板赔的钱。

看病花了六千元左右。报销了一千四百多。

回来路上，我想，假如央扎当时能够出来治，他现在一定也还活着。

兰卡的痛苦

木吉优若的讲述：

  我妈妈叫木吉拉姆，三十八岁。木吉拉姆是木吉家的独生女。我爸爸叫兰卡，兰卡是木吉家的上门女婿。他去年去世了，去年他三十六岁。我和弟弟高徒共一个妻子，妻子叫木米。我和高徒还有木米是今年（2011年）一月底结婚的，结婚花了一千多元钱。弟弟高徒十五岁。我还有一个妹妹卓玛，十七岁，去年嫁给了村里木吉一迟杜基家的两个兄弟。

  我们家里有四亩地，两季收三千多斤苞谷和小麦。家里还有两匹马、一头牛（我们结婚时木米家送的）、六头猪。

我考取县中学时，是俄亚的最高分，但初二那年我不上学了，家里实在拿不出钱。

开学时，我向爸爸兰卡要钱去学校，兰卡拿不出钱，就喝酒，和妈妈吵。后来兰卡出了门。

兰卡向村里的几个人借钱，都没有借到。

那天上午阿甲去收核桃，看到兰卡坐在路边上，两人谈了一会儿话。兰卡说：阿甲，你把收核桃的钱给我，我帮你收核桃。阿甲没有同意，然后两人分开了，阿甲往上村走，兰卡往下村走。阿甲回来时，就看到兰卡已经死了。

他喝了一瓶敌敌畏，又喝了一瓶酒。

兰卡在龙达江挖金，一年辛辛苦苦挣的钱，仅够我的学费，学费一交，家里就再也没有钱了，连起码的日用品都买不了。去年龙达江也封了，山也封了，挖不了金。家里的负担他再也坚持不住了。

兰卡死后我就不上学了。

我在木里上中学时，进了重点班，是班长。我和老师说退学的时候，老师与班主任很痛苦，他们不让我退，说有什么困难都想办法过去。

最后，我逃回家。

我处理好兰卡的葬礼，就去修路找钱。

高徒在家里干活。

高徒在村里上到小学三年级，四年级就要去俄亚乡上学。到俄亚去上学（每学期）要交大米五十斤（或者苞谷七十斤），肉二十斤。交不起，也不上了。他在家砍柴。

我之前打隧道，在山洞里喷浆，喷浆比放炮的安全。在石头上打孔，挂网装药，一个月两千元钱。喷浆有很多灰尘，深入洞内五十米，有拐弯，每天在洞里工作十二个小时。在洞里头疼。

八个人一组，我是洞里最小的。在洞里干了十七天，干不下去了，灰大。十七天，得了一千一百三十二元。

马上忙种，我现在在家收麦，种苞谷，抛肥。忙完了，还要出去闯，否则家里的茶盐钱就没了。

优若身上揣着一张爸爸兰卡和他的合影照片。

这张照片是父亲兰卡送我去木里县城上学时，在永宁一家照相馆里拍的。

那次送我去木里上学，兰卡非常高兴，从村里到永宁本来两天的路程，但由于担心赶不上开学，我们只用了一天就到了永宁。我背着书、衣服、干粮。我们在永宁住了一夜，五元钱的旅舍，旅舍的老板叫王明州。在永宁街上遇到了同村表舅，就一起拍了这张照片。这是我和爸爸兰卡唯一的一张合影。第二天，从永宁坐车到盐源，到盐源是中午，我们在盐源吃了碗面。从盐源坐车往木里，兰卡和售票员说：我们这学生娃，学费不够，能不能票便宜点？但没有便宜。三十元，加一元钱的保险，两个人六十二元。我还清楚地记得兰卡当时的表情和口气。

那次到木里上学我们带了三千元钱，家里有两千元，又借人家一千元。回家时，兰卡只留很少一点路钱。（**优若拿着那张照片，在上面来回地抚摸**）以前我们小，那么苦他都熬过来了，现在我们大了，可以帮他了，他却死了。

兰卡去世后，我成了家长，东奔西跑，不能休息。要出去找工做，还要回家帮妈妈干活。太累时，我就想，假如兰卡还在，那就好多了。

俄碧村围在火塘旁的高米一家

姜医生在给一个从云南来的病人治病

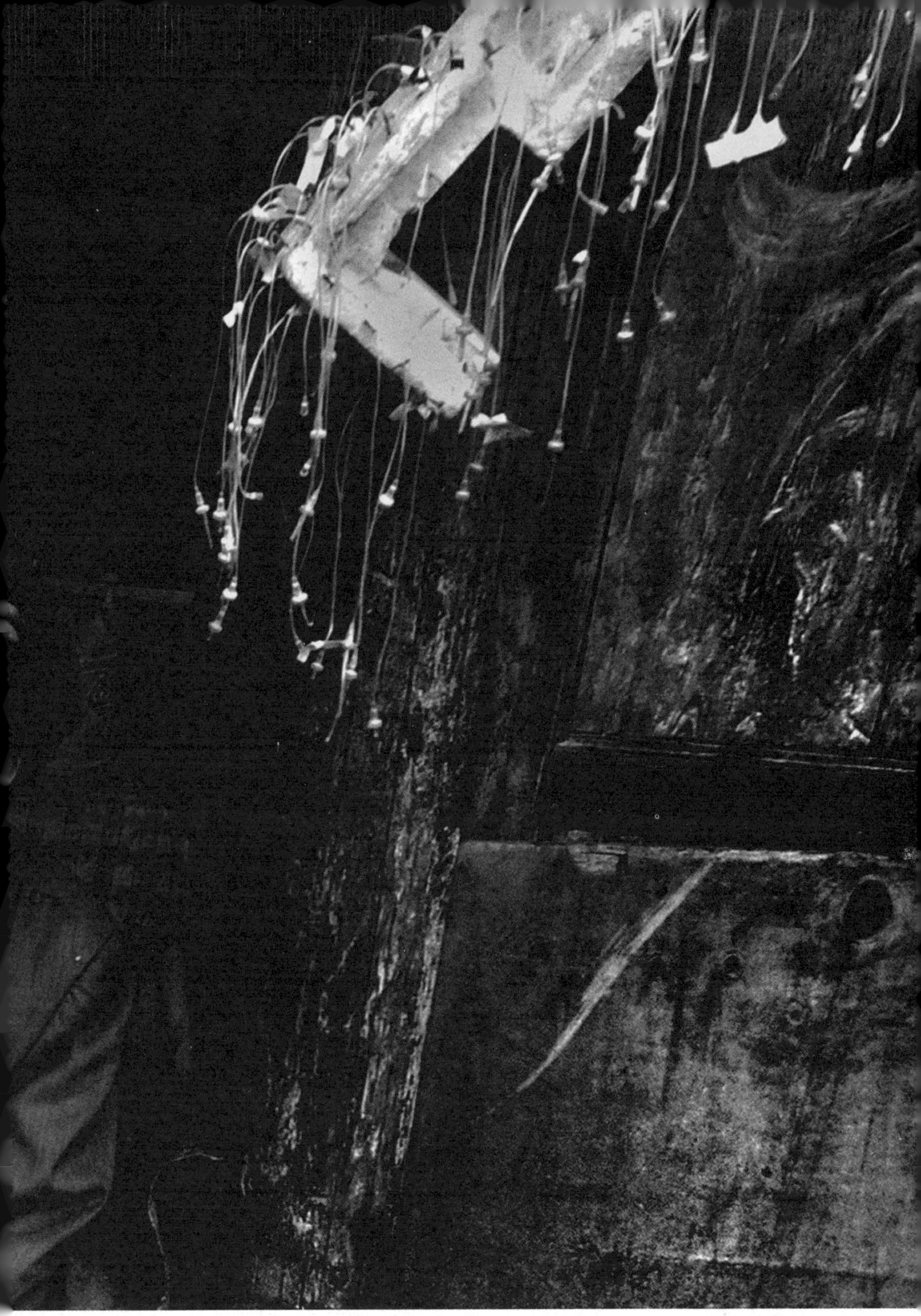

病人五斤在乡卫生院的病房里

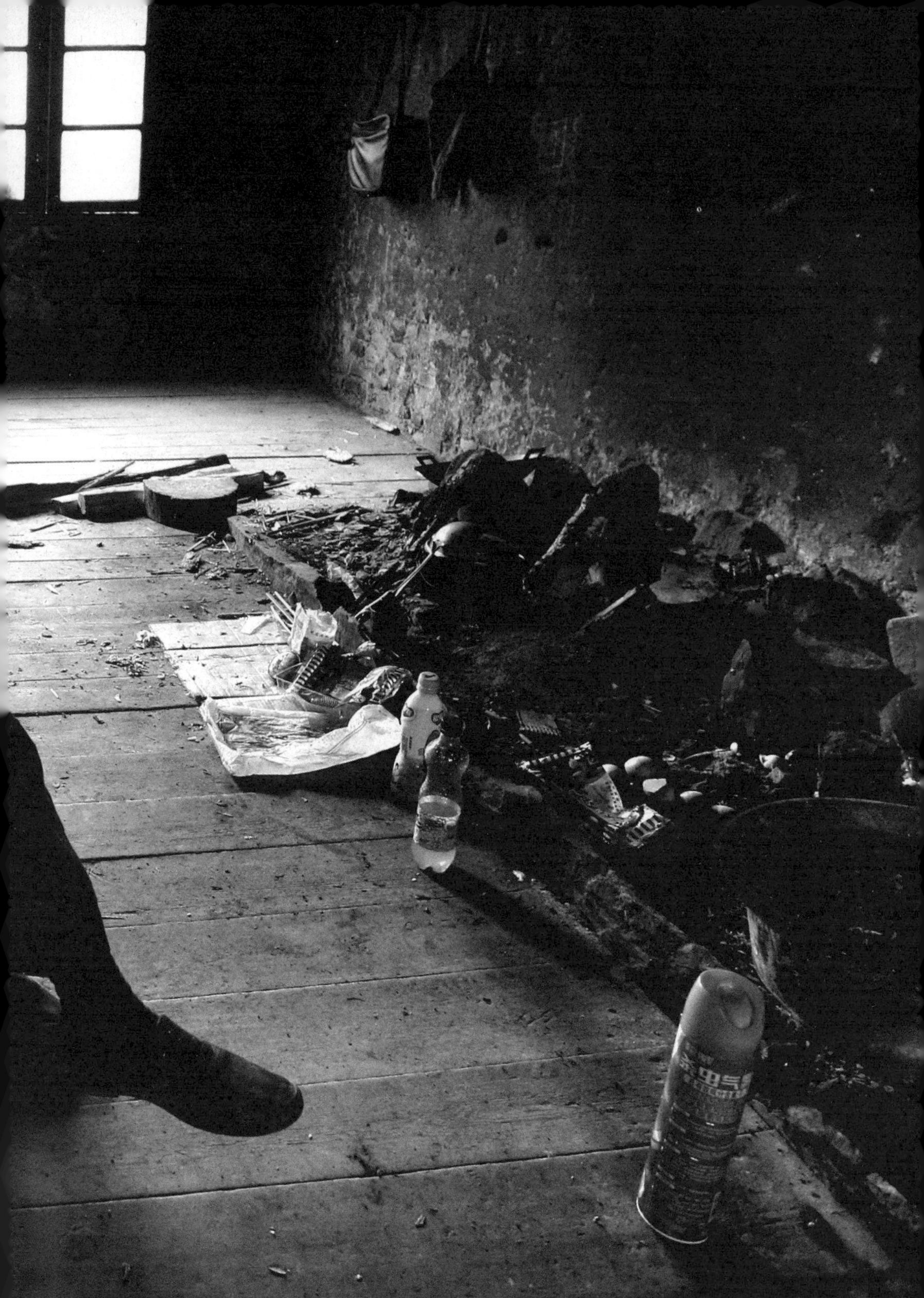

俄亚卫生院

被家人照顾着的病人

木里病人

⑥

姜医生

※

江边的小屋

※

拉鼻沟女病人

※

故事

※

米研初

江边的木屋

大村的高土放羊时被石头砸断了腿,家人把他抬到了姜医生家。

姜医生在屋檐下铺了个铺,让高土躺在那。

高土的老婆也来了,她照顾高土。老婆来了,三个孩子就也来了。一家人团在屋檐下,围着高土。

高土的右腿前腿骨断了两处,后腿骨断一处。

姜医生给高土治疗的第一步是杀一只小鸡,是小鸡,必须是小鸡,出生三个月,重不足半斤。小鸡杀后,把肉剁碎。备用。

第二步,把高土断了的腿骨拉直接好。这一步病人要忍受巨大痛苦。高土被人按着,疼得大叫,最后昏了过去。

第三步,将小鸡碎肉敷在高土的断腿上。

第四步，用夹板将断腿固定住。

姜医生的这种疗法是俄碧土医一代一代传下的。接着姜医生还要上山采药，他必须找全治断骨所需的十四种草药。要找到这十四种草药，他必须走遍附近几座山的山顶、山腰、山脚。这十四种草药里，又分口喝和外敷两种。

三天以后，姜医生终于把这十四种草药找全了。用来外敷的草药被捣碎，然后用它换掉鸡肉。每三天再换一次。一般的骨伤十天就见效，最严重的，两个月零六天也一定能治愈。

高土是二十八天可以拄拐下地，六十天走路。三个月以后他就出去打工了。

高土没有办法回报姜医生，他只能见人就说姜医生是他家的恩人。

姜医生说高土家里穷，一根针一根线都拿不出。

高土的讲述：

　　我去放羊的时候，山上掉下一个石头砸到我的腿上，腿被砸断了，我躺在山上没有办法，就用打口哨的方法来求救。后来来了一个人，看我躺在山上，他也没有办法，就回村里喊了十多个人来，一起把我抬下山。

　　在诊所（乡卫生院）坐了一个晚上，这里的医生没法医。于是第二天家里又找了十六个小伙把我往姜医生这边抬，十六个人抬着我走，换着抬，抬到俄碧又加入几个人，二十多个人抬。姜医生家在俄碧下面的江边。

一共走了六个小时。

路上，我昏迷了过去，老婆孩子都在哭，但是我什么都不知道了。

姜医生的医术很高，在他的医治下，我的腿慢慢恢复，我两个月就能下床步行了。要是去大医院的话，可能要花很多钱，也有可能治不好，我家是没有能力让我出去医治的。在姜医生这里，没有花什么钱就治好了。当时我的腿是粉碎性骨折。他是我的救命恩人，要不是他，我不死也残废了。我是家中的顶梁柱，我孩子还很小。

虽然现在我的腿已经好了，但是有时还会发作，隔一段时间就会隐隐作痛，没法干重活。要是干重活的话，当天就会旧伤复发，非常疼痛。休息一天以后就会又没事了，总之我现在是没法干重活。

我现在能走路了，像个健康人一样，这是姜医生给予我的，要是没有他，我现在就是一个残疾人。我要是残疾了，那我们一家就完了。

我非常感谢姜医生。

姜医生上过几年学。当年村里就只有两三个上过学的人。因为上过学，十几岁的时候姜医生被村里推荐到瓦厂（木里县分为几个区，瓦厂当年是一区政府所在地）去学了两年医。那时，从俄碧到瓦厂要走七天，从瓦厂写封信回家要一个月，大雪封山时，则要两三个月才能收到。

阿甲的舅舅当过马帮，他说从俄碧到瓦厂，去七天，回七天，往返路上十四天。人民公社那些年，村里每杀一头猪，都要将猪身子从中间一分为二，一半自己留着，一半交公，交公的那一半猪身子用马帮往瓦厂供销总社送，然后再从瓦厂把布、茶、酒、糖等拉回俄碧。有一年，一户人家杀猪将猪头和猪肚子留在家里吃了，然后千辛万苦送了半边猪身子到瓦厂。供销社收货时发现缺件，就把送货的人抓起来，捆上，押着他游街。这个人就一边游街一边叫喊："我吃了国家猪的猪头和猪肚子，国家猪是不能吃的。"

姜医生去瓦厂学医，路上都是跟着马帮走，晚上到哪里就睡在哪里。冬天下雪，雪把路边的电线杆都埋了。在雪地里走，马也累，人就扯着马尾巴走。行人死在路上是经常的事情。传说这一路的雪山上都有"笑婆子"，"笑婆子"就是这路上被冻死的女人，她们死后，脸上一直是笑的表情，上下唇咧开，露出牙齿。其实那不是笑，当年在雪山上走时，同行的人都是这表情，都是在笑的样子，姜医生说其实这不是在笑，只是上下唇被冻得缩了起来，露出牙齿，看上去像在笑。

姜医生的妈妈一直担心儿子会被冻死。有一回她就托人捎信给姜医生，说她快死了，要姜医生回家。姜医生赶回家，见妈妈好好的。

妈妈不许姜医生再去瓦厂，要他娶媳妇成家。

姜医生听从了妈妈的话，他娶了舅舅的女儿，成了家。以后他就一直在俄碧村当赤脚医生。

姜雨军的讲述：

姜医生是我哥，大哥。我有两个哥哥，二哥挖金被砸死了。

我哥做了四十二年的赤脚医生了。

我三岁那年，村里发生了传染病，几天内接连死了三四个小孩。村里有孩子病了来我家里找我哥治，结果我也被传染了。

后来我哥去采草药，我在家里发病了，眼睛里没有黑色，全是白的，双拳紧握，交叉胸前拉不开，家里的人觉得我已经没有救了，就把我放到背篓里。然后叫来舅舅和一个叔叔，请他们先吃了一顿饭，等太阳下山以后，让他们将我背到山上去扔掉。山上有个山洞，是准备放山洞里，再封起来，不让野狗进来。

我哥回来，发现我还有微弱的脉搏，就把家里唯一的四支青霉素，做成一支，一下全部注射到我身体里。

针打完后，没反应，我哥也认为我没救了，就把他用过的一床最好的毛毯把我裹起，重新放在背篓里，让舅舅、叔叔太阳落山后背上山。

又过了一个多小时，准备上山了，妈妈说想最后再看一下我。这时，妈妈就发现我的眼睛有了黑色，还动了一下，哼了一声。我又活过来了。

第二天，我哥走了五六个小时的山路到乡上，去买青霉素。以后村里就再没有小孩得这病死了。

我哥那年二十四岁。

我哥的前妻和孩子，也就是我的嫂子和侄子，他们是1992年去世的，7月份。嫂子到河边打水，侄子也跟着。侄子是1983年出生，他奶奶就给他取名叫八三。

打水时侄子落水，嫂子跳水里救侄子。母子俩都没有上来。

村里人捞了六天。绳子放在水里，人在江的两边拉。又用水皮袋捞。水皮袋就是一张完整的羊皮，所有的开口都是扎紧的，只在羊皮的脖颈那留一个吹气的地方，人在水里把水皮袋抱在胸前，羊皮的脖颈正好对着人的嘴巴，羊皮的后腿放在人的胯间，人用嘴含着羊皮的脖颈往里吹气，水皮袋鼓胀起来，人就可以在水上漂着。村里人用水皮袋捞嫂子和侄子，三个人一组，手拉着手在江上捞。

七天以后（嫂子和侄子）才浮出水面。

就在白色的崖子下面浮出来。

像一面镜子一样，那白色的崖子。

母子俩抱在一起。

嫂子和侄子出事的时候，我哥不在家，去瓦厂了。去瓦厂去要七天，回要七天。出事那天正是我哥从瓦厂回的第一天。到了第四天傍晚，我哥准备在一个崖下夜宿，就在他升火烧饭时，见到舅舅（嫂子的幺叔）朝这边走过来。舅舅就是来找我哥的。我哥这时已经预感到屋里出事,他就问舅舅是不是我妈妈出事了(妈妈的身体不好),舅舅说没有什么事情。

以后我哥就再也没有问过什么。他跟着舅舅往家走。

要到家时,村里人跑上去接我哥。当我哥听到嫂子和孩子去事时,他就一下昏死过去了。村里人以为他也死了,把他抬回村里。七八个小时以后我哥才醒过来。好多天不吃也不喝。

后来他就喜欢上了喝酒。酒喝多了,胃出血,拉血。云南白药一瓶一瓶地吃。

那年我家不顺利,我爸也在当年去世,他从屋里出来摔到猪圈里,膀胱摔爆了。我哥给我爸检查了一下,治不了,当时也没法送医院。就去买白布准备后事。我哥从乡上买了白布还没有到家,我爸就死了。

1994年,我哥娶了现在的妻子。他们没有孩子。

这就是我哥不愿离开这个小屋,一直在江边住着的原因。

拉鼻沟女病人

陈顺凤（俄碧村拉鼻沟组人，四十九岁）过几天就会来找姜医生一回。陈顺凤浑身有二十多种病。她的丈夫也有病人，并且是残疾。陈顺凤的丈夫是挖金时被砸残的，并且他和姜医生的二弟姜雨林同龄，也许正是这个原因，姜医生每次给他看病时会和他说更多的话，听他说很多的话。姜医生的二弟姜雨林也是在挖金时被砸，但他没有陈顺凤的丈夫幸运，他被当场砸死了。

1995年姜雨林同俄碧村里的人去叉河挖金，在金洞里，一块大石头翻下来，把他压在了下面。姜雨林当场就被压死了。挖金，挖一斤金，老板半斤，挖金的工人半斤。但这次还没有挖出一两金，老板只给了四块木板。姜雨林死时三十二岁，家里有三个孩子，一个十岁，一个九岁，一个七岁。

和姜雨林一起挖金的人告诉姜医生，姜雨林死的那天早上，讲了他昨天夜里做的一个梦给大家听，他说在梦里他梦到自己背着一背篓苞谷，苞谷很沉很沉，自己就背着这一背篓苞谷往前走，越走越黑，越走越黑。末了他还问大家这个梦也不知是好是坏？结果进了洞，就出事了。

陈顺凤的讲述：

　　我是老病号，我们两口子都是老病号，他（丈夫）还不仅是老病号，他还残疾。他叫梁德清，今年四十九岁。2006年，他在龙达河挖金，卷扬机从十几米深的井底拉石头上去，

　　结果石头到了井口又掉了下来，他当时在井底下，把他砸了。

　　亲戚朋友说不管有用没用也要把他抬到医院。自己绑的担架。抬了十二三个小时，把他抬到俄亚。

　　他命好，只是砸断了左腿。在俄亚卫生院住了一个月，肌肉烂掉了，骨头也接不起来。

　　腊北乡有个草医，抬过去治了四个月，还是接不起来。然后向亲戚提出申请，要求把他送往医院。把他绑在马上，驮到泸沽湖。路上遇到一个老板（*都江堰人*），老板把他直接送到大邑县第三人民医院。粉碎性骨折。打了钢板在里面。医生又从他胯部取了块骨头，移到小腿上。十个月可以走路了。能走路，但人残疾了。

我病了二十多年。天晴干活，天阴也干活。种地，背柴，打猪草，干各种活。活太重。

手脚没有气力，关节疼，肌肉疼，浑身疼。去乡卫生院，吃药，几天好，几天又恼火（**不好**）。钱没有，借钱看，一边看一边恼火。现在还借有十多万。之前到左所去找草医看，看了九天，有所好转，但钱花完了。花了七千多。回来再到乡卫生院看，每天从家里到乡卫生院也要走五六个小时山路。在乡卫生院打针，越打越恼火，差点死在俄亚（**乡卫生院**）。草医治病有效果，但草医的费用医保报销不了。这么多年家里所有钱都用来看病了，也看不好。

前年（2014年），不行了，路都走不起。俄亚到木里，木里到西昌，西昌到成都，在华西医院检查，检查结果是：红斑狼疮、狼疮肾炎、肺感染、胸膜炎、糜烂性胃炎、神经炎、腰椎尖盘突出、内风湿……二十几种病。在华西医院第五住院大楼住四十八天。四十八天花了十多万，全部借亲戚的。钱光了，医生说可以出院了。

医保报销一万多。许多药报不了。在门诊十一天，也报不了一分，出院的时候开了两个月的药，以后都是自己买，车费路费生活费，这个也报销不了。

2015年5月，去华西医院复查。2016年再去复查去不起了，没有钱，亲戚借完了，人家不敢再借，怕借了还不起。

故事

　　一早,姜医生就到了阿甲家。阿甲的胸口昨天被木头打了一下,闷,肿胀,捎信请姜医生来家里看看。

　　姜医生打碎了一只粗瓷碗,然后从碎瓷片中挑了片边缘锋利的。他用瓷片在阿甲胸口肿胀的地方飞快地划了一下,然后拿起一根松明(松明是预先准备好的,它的一头被剖成了梅花六瓣),姜医生点燃松明,再拿过同样预先在一旁备好的一只葫芦(从窄处切开,里面被掏空),然后将冒着火苗的松明投入葫芦,再把葫芦快速地扣到阿甲胸口的血口子上。

　　到了下午,阿甲就好了。

　　知道姜医生在阿甲家,村里生病的人就都过来找他。阿甲家的火塘边一时挤满了人。

　　村里人有不少姜医生为病人治病的故事。

降初的讲述：

有个施工队在离村不远的地方施工，一天一个工人被钢缆打了，整个头皮被打掉，白花花的头盖骨露在外面。所有人都吓得不敢看他。姜医生被喊来。姜医生将这个人的头皮，像戴帽子一样，重新戴到头盖骨上，然后一针一针缝好。

村里有个村民自己造了一个爆米花机，有一次他在家炸爆米花，结果爆米花机炸了，将他整个脸皮炸翻开来了。手也炸烂了。

姜医生被叫来了。现场血肉横飞的，姜医生也被吓坏了。如果把受伤的人往外送，路上他会流血太多死掉。但留在村里，村里又根本没有条件做这么复杂的外科手术。这可怎么办？

炸伤的人疼得乱叫，他的家人哭着求姜医生救救他，

没有其他办法，姜医生只能开始做手术。他煮了一锅盐水，先给受伤的人消了毒。做手术消毒棉纱也没有，就在小卖店拿的卫生纸。用了五个小时，姜医生把这个人炸翻开的脸皮盖到了原位上，然后又一针一针把它缝了上去。

边上背猪草的大背篓里，整整一背篓全是卫生纸，血红血红的卫生纸。

后来，担心有内伤，姜医生让受伤的人再到西昌去

检查一下。西昌的医生问这是哪个医院的医生缝的,受伤的人说是我们村的赤脚医生缝的。西昌的医生根本就不相信。

甲若的讲述:

有一天某乡乡长带领副乡长等几人到冲天河边的山上检查工作,这群人里有个人带着枪,他们来到一个坡地,带枪的人就把枪掏出来,然后又弄了个靶子,这几个人就开始打靶子玩。乡长先打。打了几枪后,乡长把枪交给了身边的一个人,朝靶子走去,他是想看看自己到底打中了没有。就在乡长探头看靶子时,"砰"一声枪响,只见乡长一头栽倒在地上。

原来乡长把枪交给身边人后,这人接过枪就举起来瞄准,当他瞄准好的时候也正是乡长探头看靶子的时候,这人扣动扳机,子弹不偏不倚从乡长的后脑勺钻进去,再从左脸颊飞出来。

所有人都吓呆了。半天大家才清醒过来,见乡长还没死,就急忙把他抬起来,但又不知往哪里抬。后来有人告诉他们江边有个医生,于是这几个人就把乡长往江边的姜医生家抬。

好不容易把乡长抬到姜医生家,结果发现姜医生家和普通村民家没有两样,又乱,又脏,所有人都在想这回乡长一定是完了。

乡长头上的枪眼还在往外冒血。大家只好随便姜医生把乡长怎么样了。

　　姜医生先杀了一只鸡，把鸡血接在碗里，他让副乡长等人把乡长的嘴巴撬开，然后将这碗鲜鸡血从乡长嘴里灌了下去。

　　姜医生又往刚刚接鸡血的碗里打了十个生鸡蛋，他让副乡长等人再把乡长的嘴巴撬开，然后将这碗生鸡蛋再从乡长的嘴里灌了下去。

　　灌完鸡血和鸡蛋以后，姜医生这才去找药。家里只有最简单的消炎药，他给乡长的伤口上了点消炎药，然后包扎起来。

　　姜医生让副乡长等人将乡长照看好，自己就去了俄碧村里。这时已是夜半时分。

　　姜医生回来的时候，他的身后跟着几十个青年人。姜医生知道乡长伤情严重，必须立即转移。

　　几十个青年用了六七个小时才把乡长抬到俄亚乡医院里。

　　乡长没有死，后来还被提拔到了县里。他将姜医生当作救命恩人。

　　俄碧村俄碧组的组长，和一个村民吵架，为砍柴的事，当时封山，但这个村民上山砍柴。两人没说几句，组长的肚子就被村民手里的柴刀划开了。肠子当场流了出来。

　　边上人急忙去叫姜医生。

　　看到组长躺在那，边上一地肠子，姜医生也没办法。

但伤情严重，不能耽误。姜医生就赶快进村挨家挨户动员人力。全村集合了三十二个精壮青年，连夜出发，用担架把组长往宁蒗送。那天是大年二十九。大年三十是在路上过的。

一天一夜，三十多个小时，有些地方抬的人要爬着走，最后到了腊八乡。辛亏是冬天，未感染。这时已是大年初一，去找车，人家听说是杀戮伤，认为不吉利，不拉。最后用了三千多元钱才雇到车，拉到宁蒗医院。

组长得救了。多亏了姜医生一直跟在病人边上。

我们这里治病有许多土办法，但病人要想活命最主要的办法就是靠人多，靠抬。

米研初

姜医生的讲述：

从三年前开始，米研初就不出门了。

她躺在床上，脸不洗，头不梳，头发一绺一绺地结成疙瘩，儿媳妇拉姆就用剪刀把她的头发全部剪了。

米研初丈夫在许多年前去世了。她丈夫当年得的大概是胃病，究竟什么病谁也不知道，他没看过病。当时病人看病也只能到瓦场去看，要走七八天，病人走不起。米研初丈夫是个民办教师，每月拿三十块钱。

有人说米研初丈夫的死，和那次炸鱼有关。

得了病，没有什么吃的，就想到去炸鱼。

村里的南关戈若会做炸药，当时米研初丈夫就找南关戈若一起炸鱼，村里的另外一个人吉鲁甲若那天也跟去了。

南关戈若用啤酒瓶先装沙，装大半，然后沙子上面装火药，插入引信。

到了江边，南关戈若点炮，用一根柴火。

大白天，阳光很强，已经点燃了，但看不清，他还在点。

吉鲁甲若站在崖上看，他发现已经点着了，就喊南关戈若赶快扔。

炸药很难找到，一旦没有点着，扔江里就很可惜。

南关戈若一定要确保炸药点着，才会扔出去。他还在继续点。

结果炸药在南关戈若的手里爆炸了。南关戈若脸上、胸口被碎玻璃割伤二十多处。我后来从他身上取出来十八块玻璃，眼睛上有块没敢取，怕伤着眼睛，还有喉管有一块玻璃，取不出来。手掌被炸断了。

米研初丈夫当时离得远，没有受伤。吉鲁甲若看得清楚，所以他在炸药爆炸之前钻到了石头缝里面，也没有受伤。

南关戈若在家躺了四十天，也没法出去。

后来伤口感染，必须做切除手术，如果能出去做手术，人不会死。但是送不起。

四十天后，南关戈若死了。

南关戈若家的地在村里原来是平地，他死的那年他家的秧苗长得特别好，绿油油的。

第二年他家所有的地被山洪泥石流冲走了。现在村里最大最深的那条沟，就是他家原来的地。南关戈若死的时候有四个孩子，大的十岁，二的七岁，三的五岁，小的两岁（南关戈若死后不久，他的第二个孩子有一天手指痛，之前手指破过，夜里就死了）。

南关戈若死后不久，米研初丈夫就也死了。南关戈若死时四十岁左右，米研初丈夫死时三十多岁。

米研初和丈夫有两个儿子，丈夫死的时候，大的九岁，小的三岁多。

米研初的小儿子十一岁那年，在山上放羊时被滚落的石头砸死了。

一起放羊的孩子来告诉米研初。

米研初上山，把孩子背回了家。她请舅舅亲戚到家里，在祖坟山旁边把小儿子烧了。

米研初就疯了。

厄运好像还没有离开这家人。

米研初的大儿子叫克偌，今年二十六了。克偌在稻城打工，建房子。去年（2015）从稻城回家，路上被摩托车撞了，脑壳撞了。克偌的妻子拉姆听到消息请人用摩托车拉她去东宁（**出事地点**），到了东宁，克偌已经被村里一起打工的朋友拉回稻城。克诺打工挣了三千元，看病花了一万元。

克偌和拉姆有三个孩子，一个十岁，一个六岁，一个四岁。克偌刚刚从稻城治好病回来，到村里当天，他的儿子又出事，上学回家路上从高的石头上摔下来，娃儿不说话了，几天不说话，也不吃饭。克偌和拉姆又带孩子去稻城，治了两个星期，花了一万多元（医院五千多，路费生活费五千多）。请东巴打卦，是下边的房住不得。就借钱，银行贷了三万元，又借了些，共五万元钱，修了新房。新房在原老房子的北边山坡上。（2016年）一月份开始修，五月份好的。

米研初也搬进了新房。她有时躺床上自己说话，说什么不懂。她说的是藏话，儿媳是纳西族，听不懂她说什么。

7

共妻与换亲

※
一妻多夫

※
夏拉

※
神秘的安达

一妻多夫

　　回大村的路上，遇到从龙达河上游淘金回来的偏措和扎西。偏措和扎西面色黝黑，头发蓬乱，身上的衣服满是污垢，他们出去淘金已经有一个多月。偏措将手探进怀里，掏出一个很小的布包，然后他把布包放在手心里慢慢打开。布包里包着的就是偏措和扎西两个人这一个多月来总共淘到的十七克黄金。

　　黄金是麦片形状，在阳光下闪闪发亮。

　　偏措捧着黄金的手在微微发抖。他的手上满是皲裂的又深又黑的口子。

　　偏措和扎西是俄碧人，偏措和哥哥诺德若共一个妻子，扎西也是和弟弟林奇次尔共一个妻子。共妻家庭的两个（或者更多）丈夫，一般一个在家，另一个外出挣钱。留在家里的往往是性格懦弱,能力差点的,而外面挣钱的则要各方面稍强,他也必须要为这个家庭付出更多。外出挣钱的往往担负着家庭更重的担子,建房子的费用,孩子上学的费用,家人治病的费用等等,全靠他,所以他总要一直在这片凶险的大山大河间四处奔走。

俄碧村七十五户人家,有三十户左右共妻。

俄亚纳西人家女子大部分喜欢一妻多夫婚姻。

在俄碧村时,我问阿帕占家的木支米:一个女人两个丈夫好,还是一个丈夫好?

木支米回答:两个丈夫好,一个(丈夫)在家干活,一个在外找钱,日子就好过。

问:那你为什么不嫁两个丈夫?

木支米:自己想嫁(两个丈夫),但父母定下的(婚事),他(丈夫)没有兄弟。

木支米二十八岁,一个丈夫,三个孩子。木支米丈夫的爸爸原来和兄弟共妻,妻子去世后,木支米丈夫的爸爸自己重新找了妻子。木支米丈夫是他爸爸和这个后妻所生。他爸爸前妻生的两个儿子也是共妻。木支米的两个哥哥也是共妻。

问:如果是两个丈夫,会不会喜欢这个,不喜欢那个?

木支米:不会,两个会一样喜欢。(她看着自己的两个儿子说。)两个男娃,让他们娶一个媳妇,一个男人会吵架,有两个男人就不会吵了。

大村的克米十六岁时嫁了阿布那卡家的央扎和哥徒两兄弟,那年央扎三十四岁,哥徒二十五岁。

克米家和阿布那卡家墙挨着墙,克米说,嫁给央扎和哥徒的时候，他们家只给了她一件衣服，一条裙子。现在，克米和央扎、哥徒的十七岁女儿卓玛也是嫁了阿坡木家的两个兄弟。

上辈是一妻多夫婚姻的，他们往往也都主张子女实行一妻多夫婚姻。大村的朗布六十四岁，他的哥哥扎塔七十六岁，朗布和扎塔共妻，妻子哈美六十八岁。朗布和扎塔是在1957年娶的哈美，当时哈美十七岁，而朗布只有十三岁。那时朗布什么都不懂，只觉得是大哥娶了个媳妇回来。

因为共妻是父母定的，朗布想父母做主的事应该是好事，也就和大哥、哈美一起过日子。

大哥管家，朗布就经常外出跑马帮，挣的钱也都交给大哥。朗布有时自己也留点钱，给哈美买点东西。朗布和扎塔各自有自己的房间，朗布外出回来，哈美就会到他房间里来，有时到庄房干活，哈美也会跟他上庄房。朗布、扎塔、哈美，他们生有两个儿子，四个女儿。

两个儿子也是兄弟共妻，他们的妻子叫古米，古米有两个女儿，古米希望女儿长大也能嫁给两个男人。

伊迪村民办教师年塔也认为一妻多夫好。年塔说："两兄弟共妻，不用分家。土地不能增加，国家不许多开，分开地就少了。计划生育上也有好处，两夫一妻生育三个孩子，如果分家就生六个孩子。伊迪村现有四百二十人，五十六个家庭，二十五户左右共妻。有的家庭有五六个兄弟，每人一妻，每人一家，照这样下去，二十年以后就一百多户，人口翻一番还不止。这里土地少，贫瘠，自然资源匮乏，有限的土地只够养活一定数量的人。人口快速增加，超出土地的承受力。而像现在这样，二十年以后人口基本不增加多少，死亡率和出生率基本平衡。在这之前的十几年里，村里只增加了三四户人家。"

俄亚共妻习俗的由来有许多说法。比如有人认为最早在俄亚这一带的都是军队士兵，为了繁衍，需要女人，但因俄亚山高路险水急，能进入的女人很少，满足不了每人一个妻子的分配需求，只好几个男子共同拥有一个女人。随着时间的推移，慢慢这就成了习俗。

俄亚共妻习俗还应该和当地人的一个观念有关。俄亚人普遍认为劳力少是一个家庭贫穷的原因，而共妻家庭劳力都要比一夫一妻的小家庭多，少则六七人，多则十几人，共妻家庭把有限的人力和财产集中，还能让家庭成员紧密团结在一起。事实上，在当地一夫一妻家庭也确实往往都穷，人很累，而共妻家庭则都要富裕些，幸福很多。

共妻习俗的形成，不管有多少种解释，但有一点不应被怀疑：它是当地人顺应环境、适者生存的一个理性选择。

夏拉

夏拉有两个女儿，两个女儿都是一夫一妻家庭。夏拉抱怨自己现在的不幸福，都是因为女儿只找了一个丈夫，如果女儿有两个或者更多丈夫，那么家里的状况会比现在好很多。

夏拉是俄亚大村五组人，六十岁。

夏拉的讲述：

我两个女儿都只找了一个丈夫。两个女儿有一个现在同我住在一起，有一个分家出去住了。

我常年生病，什么也做不了，女婿看见我很不高兴。我的心脏很痛，已经痛了三年。

之前我去中甸县看过，治疗了一个星期，没有钱了就回来了。之后又去了木里县，治疗了一个星期，又没有钱了。当时医生叫我先不要急着回去，他说我的病还没有好，但是我实在没有钱支付费用了，我就回来了。

回家之后，我的病情加重。

我的侄子又把我送回了木里县城，但是钱还不够。住了两个星期，没钱吃饭，没钱买药。没有办法，就又回来了。

医生告诉我说，我患的是心脏病，心脏里有积水，心跳过快，建议我去成都医治，他告诉我一定要去成都，他就是这样对我说的。我问，大概需要多少钱。医生说，你准备个两三万的样子。两三万对我来说是个天大的数目，我筹不到那么多的钱。我没法去成都看病。

家里连茶盐也买不起，更别说去外面求医看病。

现在有一点好处就是，我的老婆和女儿还能干活。我们家就全指望她们两个。

我不论去哪检查，医生都告诉我说，只要我能负担治疗费用，我的病是能够治好的，它并不是那些治不好的疑难杂症。

现在外面医疗条件那么好，国家也有医保，可是我连出去的路费也没有。

神秘的安达

东巴家族和木官家族都是俄亚大村建寨最早的四家族（木官家、东巴多塔家、旺莫家、加黑家）之一。东巴家最初是念天经的。据说有一年木官家死了人，就请东巴家去念经。

但东巴家的东巴只念天经，不为死人念经。东巴家拒绝了木官家的要求。木官家一连凶死三人，却无人念经，不得下葬。有一天村里来了两个流浪汉，他们衣衫破烂，蓬头垢面，自称自己是东巴。木官家正在急着找东巴，于是就请他们给死人念经。但这两个流浪汉说自己的法器丢了，要念经必须先回老家去拿法器，他们的家在白天白地白山白水的地方，离这里有七天的路程。木官家只好为他俩准备了七天的盘缠，送他们回家。半个月后，这两个人果然带着法器又回到了大村，他们为木官家的死者念了经。从此，大村除了念天经的东巴家族外，也有了为死人念经的东巴。念天经的东巴和为死人念经的东巴就这样各自为阵一代一代延续下来。上个世纪六七十年代，念天经的东巴的经书被收去烧了，他们无法再念天经，后来就也为死人念经（为死人念经的经书没有被烧完）。为死人念经的东巴多了，就分片，最初东巴家负责为大村三十七户人家念经，后来增加到了四十多户。

在大村，婚丧嫁娶、生老病死什么都离不开东巴，东巴在这里也有着极高的地位。东巴甲若和木官仁青是大村目前资格最老的两位东巴。东巴甲若是东巴家族第九代东巴，木官仁青是木官家族第四代东巴。这两个有威望的大东巴都已经七十多岁。

东巴和木官这两大东巴家族，长期保持着换亲。东巴甲若和兄弟娶了木官仁青的妹妹，而木官仁青四兄弟则娶了东巴家族的两姐妹。东巴甲若和木官仁青这一代是东巴家族和木官家族第四代换亲。

东巴家族和木官家族换亲至今已有六代。

下面把东巴和木官两家族换亲四代、五代的情况作了个分析。换亲人员的真实姓名被隐去，分别改用编号称呼，编号里的"东巴"代表东巴家族，"木官"代表木官家族，"四""五"表示换亲四代、换亲五代，"男（女）A""男（女）B""男（女）C"……分别表示长子或长女，次子或次女，三子或三女，以此类推。

东巴、木官家族换亲四代情况

东巴家族五兄妹：

东巴四女A（长女）、东巴四男A（长子，东巴甲若）、东巴四男B（次子，东巴瓦克）、东巴四男C（三子），东巴四女B（次女）。

木官家族五兄妹：

木官四男A（长子，木官仁青）、木官四男B（次子）、木官四女A（长女，木官姑孝）、木官四男C（三子）、木官四男D（四子）。

婚配关系：

东巴四男A

东巴四男B

娶

木官四女A

【两夫一妻。生四女一男：东巴五女A、东巴五女B、东巴五女C、东巴五女D、东巴五男A。】

木官四男A

木官四男B

娶

东巴四女B

【两夫一妻。生一女一男：木官五女A、木官五男A。】

木官四男C

木官四男D

娶

东巴四女A

【两夫一妻。生一女三男：木官五女B、木官五男B、木官五男C、木官五男D。】

东巴四男C

娶

甲吉

高土米

【一夫两妻。"东巴四男C"四岁时被送给扎西家族，娶本村另外家族的甲吉和高土米，两妻，生三男：东巴五男B、东巴五男C、东巴五男D。】

东巴、木官家族换亲五代情况

东巴家族八兄妹：

东巴五女A、东巴五女B、东巴五女C、东巴五女D、东巴五男A、东巴五男B、东巴五男C、东巴五男D。

木官家族六兄妹：

木官五女A、木官五女B，木官五男A、木官五男B、木官五男C、木官五男D。

婚配关系：

东巴五男A

娶木官五女A

【一夫一妻。"东巴五男A"的父亲是"木官五女A"母亲的两个哥哥,母亲则是"木官五女A"两位父亲的妹妹。"东巴五男A"和"木官五女A"婚姻之外,在村里同时还有两个"安达",并生有两子。】

木官五男A

娶

东巴五女A

【一夫一妻,生两儿一女。"木官五男A"的母亲是"东巴五女A"父亲的妹妹,父亲是"东巴五女A"母亲的哥哥。】

木官五男B

木官五男C

木官五男D

娶

东巴五女B

【三夫一妻"木官五男B""木官五男C""木官五男D"的父亲是"东巴五女B"母亲的两弟弟,母亲是"东巴五女B"两位父亲的姐姐。"东巴五女B"嫁的是三舅、四舅和姑姑所生的三个儿子。】

东巴五男B

东巴五男C

东巴五男D

娶

东巴五女C

东巴五女D

【三夫两妻，生有三个女儿。"东巴五男B""东巴五男C""东巴五男D"的父亲是"东巴五女C"和"东巴五女D"的父亲弟弟。三个女儿没有再延续家族近亲嫁娶，大女儿和二女儿嫁给本村外家族三兄弟（二女三夫），三女儿嫁给外家族的两个兄弟（一女二夫）。】

到了第五代换亲，夫妻关系上发生了变化，多以多夫多妻的形式维系大家庭，是纯正近亲结构。东巴甲若的儿子"东巴五男A"娶了舅舅木瓜仁青的女儿"木官五女A"，一夫一妻；"东巴五女A"也嫁给了舅舅木瓜仁青的长子"木官五男A"，一夫一妻，育有两儿一女；"东巴五女B"则同时嫁给三舅、四舅和姑姑所生的三个儿子，典型的一妻三夫婚姻形式；东巴甲若和东巴瓦克的三女儿和四女儿，同时嫁给叔叔"东巴四男C"的三个儿子，二妻三夫婚姻。

从以上两个家族繁杂混乱的婚姻关系分析，导致人际关系繁琐的主要原因是近亲结合。

东巴家族十八口人，木官家族十六口人。从人口比例上在大村并算不上是大家庭，大村内有几户家族人口达到了二十口人以上。

大部分近亲婚是在双方还很小的时候，就已经由父母定下。东巴甲若长大后曾反抗过，但在双方父母规劝下，他最终又回到了这个婚姻里。现在，东巴甲若说："如果有来生，我还选择这样的婚姻，一个人只考虑个人感情太自私，大家庭和睦才是真正的幸福。以后东巴家族和木官家族还要继续换亲，要一直不停地延续下去，这样能保持两个家族在大村的势力。"东巴甲若的话，多少有点悲壮。

近亲婚配，在大村非常普遍。生物学认为近交会导致基因库过于狭隘，使不利基因积累，物种退化，最终被淘汰。所以自然状态下生存的动物，在繁殖机制上都会规避近亲交配。严重的近亲基因，依照常规理解，一定会带来后遗症。然而，拥有两百户近三千人的大村里，虽有几例（如木官家族一女孩十二岁时，长出男性生殖器）看上去很像近亲繁殖后遗症的患者，但总体上并没有想象的那么严重。

其实，在大村这个表面的婚姻系统背后，两性间还存在着另一个"安达"系统。"安达"是纳西话"朋友"的意思，也是指特殊的男女关系，"朋友"白天依然在各自家里，晚上找一处地方住一起。"安达"曾经也是俄亚纳西族最基本的婚姻形式。凡是已经举行过成人礼的男女，婚前和婚后都可以与异性自由建立安达关系进行交往。一般男主动约女，或用眼神暗示，或在擦肩而过时低声送话。女的若接受邀约，夜半时分，等火塘边的老人熟睡，她便悄悄出去与男子相会。在俄亚大村，女子一般没有属于自己的单独房间，她们和父母住在火塘边，而男子成人就会有自己的单独房间（和几十里路外的利家嘴习俗正好相反，利家嘴男没有单独房间，女有）。

也有不少安达关系是被强行建立起来的。男的想和某个女子建立安达关系，但又不得机会，这时他可以求助伙伴帮忙，强行拉走女子。如果女子是半推半就的态度，便可以认为她同意建立安达关系，如果女子在这个过程中发出喊叫，对方则会立即放手。

安达约会地点可以是男子的房间，也可以是庄房、河边、稻田、苞谷地、山上等。

东巴、木官家族换亲第五代的木官夏拉在与舅舅的女儿东巴歪甲结婚后，他在大村又建立了两个安达关系，两个安达和他生两个孩子，这两个孩子仍在母亲家庭，抚养责任与木官夏拉无关。据说这样的安达关系，在大村非常非常多。

安达关系保留了更多古老的群婚印迹。在大村，近亲结合而没有导致普遍的遗传学上的疾病的原因，可不可以这样来假设：安达习俗一直伴随着近亲婚姻，而安达关系往往是外族关系，无直接的血缘关系，所以安达习俗的沿袭，从一定程度上减弱了近亲婚姻的危害。有的"近亲"甚至在几代以前就由于"安达"的参与，血缘上并非是直系，所以近亲造成遗传学上的危害比例变小。

大村有这样的习俗：妻子和情人（安达）有了孩子，等孩子出生时，丈夫会抱着孩子带着礼物去感谢妻子的情人。大村人对于安达习俗的认同，会不会是因为其背后存在着的这种对健康繁衍所起到的重要作用而决定？

或许安达习俗里，藏着俄亚人最大的智慧。

俄亚大村，高吉家。高吉夏拉（中，五十一岁）、高吉马诺和他们的妻子瓦玛（右，四十八岁）（拍摄于2009年）

木里病人

俄碧村，阿坡木家。阿坡木卓玛和她两个丈夫（左阿坡木公布，二十六岁；右阿坡木降初，二十五岁）的合影。卓玛今年十九岁，她和两个丈夫结婚还不到一年。家有三亩地，每年约收三千元的苞谷和小麦。丈夫四十七岁的妈妈和他们同住。家里还有两匹马、一头牛、几只猪（拍摄于2009年）

俄碧村，木吉家。木吉瓜木（中，四十四岁）和丈夫木吉兰克杜基（左，四十一岁）、木吉乌金（右，三十六岁）的合影。木吉瓜木和两个丈夫生有三个孩子，大女儿十九岁已出嫁。木吉兰克杜基和木吉乌金还有个弟弟叫木吉哈美，木吉哈美分家出去过了，他是东巴，有四个孩子，经济上哈美要比这两个哥哥家困难些（拍摄于2009年）

俄碧村，加黑依习家。依习拉姆（中，三十八岁）和她的丈夫依习乌扎（右，四十一岁）、依习古机（左，三十四岁）的合影（拍摄于2009年）

俄碧村，加黑依习家。依习拉姆（中，三十八岁）和她的丈夫依习乌扎（右，四十一岁）、依习古机（左，三十四岁）的合影（拍摄于2009年）

俄碧村，阿帕木家。木了措（中，四十二岁，普米族）和丈夫杜基诺（左，四十二岁）、边措（右，三十八岁）的合影（拍摄于2009年）

俄亚大村，宫白家。宫白布米（中，三十八岁）和她的丈夫宫白英扎（右，四十二岁）、丈夫宫白瓦马（左，三十八岁）。宫白布米和两个丈夫生有三个孩子（拍摄于2009年）

俄亚大村，拉布吉家。高土米（中，十九岁）和她的丈夫高土布迪（右，二十一岁）、丈夫高土杜基（左，十九岁）（拍摄于2009年）

俄亚大村,加黑家。二十岁的克米(中)和她两个丈夫(左瓦克,二十四岁;右瓦修,二十七岁)及孩子的合影(拍摄于2009年)

木里病人

俄亚大村，阿诺家。丹玛（中，四十五岁）和她的丈夫加次里（左，四十六岁）、阿诺高徒（右，四十三岁）的合影（拍摄于2009年）

俄亚大村，高徒家。十八岁的瓦娇和她三个丈夫的合影（拍摄于2009年）

俄碧村，加黑家。咪咪（中，三十四岁）和丈夫阿甲（左，三十四岁）、降初（右，三十六岁）的合影（拍摄于2009年）

阿帕加的祖母和新生儿

8

利家嘴

※

央金玛

※

树泉和嘎姆的蘑菇

※

达巴和草

※

卓玛雍宗的茶

※

皮匠和路绒的歌

央金玛

"从 Wualapi（瓦拉片）到木里的边界只有很短的一段距离了。边界上的第一个木里村落叫 Likiatsuin，从这里到木里（木里大寺），有两天的路程。"（《中国西南古纳西王国》）洛克这里说的 Likiatsuin，就是利家嘴。

利家嘴属于屋脚乡，屋脚乡距离俄亚乡几十里地。

第一次来利家嘴的时候，我住阿帕家。阿帕家在村子的北面。

那时，阿帕家二十几口人都住在一幢木楞房里。女主人是车二拉姆，车二拉姆五十六岁，她没有女儿，有三个儿子，他们叫扎西次尔、扎西罗布、苏拉平措。这是一户典型的利家嘴母系家庭。

这次一进村，就有孩子将我到来的消息传到了阿帕家。在离阿帕家门口还很远时，扎西次尔就远远地叫着我的名字迎了出来。

本想还像第一次那样，就住在阿帕家的火塘旁，但在火塘边喝了酒喝了茶又说了一些话后，扎西次尔就拎起我的包说："走，我带你去住的地方。"

我一边磨磨蹭蹭不肯走，一边问："不是还住家里吗？"

扎西次尔一边回答"家里太旧，住不好"，一边拎着我的包跨出了祖母屋。出了院子，扎西次尔说："我带你去住扎西罗布的新屋，那里很干净。"

扎西罗布的新屋就建在村东边原来的空地上。在这块空地上，我曾和村里人一起跳过锅庄。现在，这里已经建起了好几幢不同朝向的新房。扎西罗布的新房朝着东方，不是传统利家嘴木楞屋的模样，没有火塘，没有经堂，也没有祖母房，是和泸沽湖那些客栈一样，上下两层，一间一间一样大小的客房，每间客房里对称地摆放两张床，左边靠墙一张，右边靠墙一张。

扎西罗布领我来到了楼上，他打开一个房间，指了指两张床说随便睡哪一张，然后递给我一把锁，说出门别忘了把门锁上。

利家嘴有了锁。

扎西罗布还在新屋边上开了个小店，小店里有烟酒，还有一些日常用的东西。扎西罗布的新房突兀地立在村子的边上，在一幢幢灰暗古朴的老屋面前，簇新得如同一块醒目的斫伤。

扎西罗布的新屋后面有条小路，小路将村子一分为二，一直通往村后的山坡。

小路也连着央金玛的家。

我是在央金玛担水时跟着她进了她家的。当时下着雨，到家时央金玛就急忙着去拨弄火塘，然后把在火塘边睡着的女儿抱进怀里。等火塘里火渐渐热闹了起来，她让女儿坐在火塘旁，自己则去洗了两个洋芋。

洋芋很大，央金玛用刀将它们劈成了几瓣，然后放在火塘的白灰上。

央金玛转身又去抓过一个布袋，她从袋里取出纺锤，再掏出些羊毛，捻羊毛线。

纺锤的头放在碗里，央金玛手指一拈，锤头便飞速地旋转，将她手中一团团蓬松的羊毛绞成了细细的线。

央金玛家没养绵羊，羊毛是从村里养绵羊的人家换来的。央金玛和妈妈边玛拉措一个月能捻十斤的羊毛线，然后再用羊毛线织成羊毛毯，卖给打此经过的马帮。

女儿在她腿上不停地捣腾着，央金玛每次都耐心地把女儿支开，微笑着逗弄女儿。央金玛和所有的利家嘴女人一样，爱孩子，爱每一个孩子。

女儿撩开了央金玛的衣襟，去抚弄她饱满的乳房。央金玛笑着任女儿抚弄，并不停下手中捻着的线。

火塘里飘出洋芋的香味。

央金玛放下手里的羊毛，把洋芋从火塘里掏出来。剥干净洋芋上的焦皮，她先用舌头尝了尝，又在手里搓了搓，才递给了女儿。

央金玛取出一罐盐，把它放在锅庄旁。她先剥了一片洋芋并蘸上盐递给了我，然后她自己也剥了一片，沾着盐吃。

二十六岁的央金玛，有两个孩子。儿子叫诗歌杜基，七岁，他去放羊了。女儿叫诗戈拉姆，三岁。两个孩子的爸爸是永宁的一个男人。

央金玛的讲述：

　　后来，我对他说你不要再到这里来了吧。（她低着头，捻着线，笑着说。）

　　他就不再来了。

　　和他走婚的时候我十八岁。

　　他到村里来收麻时我们认识了，认识以后他便经常到我家里来。有一次他对我说很喜欢我。当时我也喜欢他。

　　几天后的一个晚上，他住在我们家，我妈妈给他安排了单独的房间，可半夜他就从他的房间溜进我的房里，睡到了我的床上。

　　我们先是躺在床上聊天，后来他脱了我的衣裳。

　　当时我想，他很喜欢我，我也一样喜欢他，这种事情就该是这样发生才是啊。那天天亮的时候，他就回去了。

　　他住在永宁，离这很远，隔着几座山，但他每两三天就会来我这里一次。

⑧ 利家嘴　央金玛

刚开始走婚的时候，我织卡达（大衣）和毯子送给他。还想过等到我和他都老了，不能走婚了，我还是会织卡达送给他的。

后来，时间长了，他就来得少了，每半个月来一次。时间长了不来，会想他，担心他会出事。

等有了孩子以后，他就每个月来一次。

我是在怀上第二个孩子几个月的时候，决定不再和他走婚的。

他喝酒的时候总是喝醉，经常醉汹汹地过来。

"把他丢了。"央金玛说这话时的神情，就像是一个女皇打发走了一个乞丐那样。

央金玛很漂亮，哪怕是在灰暗的木楞房里也一样。每次看清她的脸时，她的脸上总挂着笑。

央金玛的妈妈边玛拉初还有姐姐尔车卓玛是在央金玛对我讲完了她的故事以后，才从地里回来的。田里的苦荞已成金黄，这几天边玛拉初和尔车卓玛一直在收割苦荞。本来央金玛也要去收苦荞，但边玛拉措让她在家照看孩子。

边玛拉初和尔车卓玛围着火塘边坐下，央金玛给她俩递上茶。她们一边喝茶，一边谈笑。

"来，我们喝酒。"边玛拉初冷不丁地冲我说，"今晚你和央金玛走婚吧。"

我一下愣在那。

过了一会儿，我悄悄瞄了眼对面的央金玛。

央金玛正火辣辣地看着我。

见我不知所措的样子，边玛拉措哈哈笑起来。

边玛拉初五十四岁，但她和央金玛、尔车卓玛在一起说笑时，看上去她们就像是三个姐妹。

她们的话：

鞋穿久了要换，马骑长了要累。喜欢就是喜欢，不喜欢就是不喜欢，说出来就行了。

以前他晚上一直都来我这儿，但半年前他去挖金了。如果运气好，他挖金能赚到一两千块钱。这些钱他要拿到自己家里去，不会给我，但他会给我买礼物。虽然我和他生了孩子，但他家那边有母亲，有兄弟姐妹，还有姐妹的孩子，他是家里的舅舅，全家的花销全靠他。

我的男朋友出去已经半年多了，如果他在外面挖金看上其他女人，这也没什么，我也会重新再找一个喜欢的人。

自己明明又有了爱的人，却不能和他在一起，这样活着太难受，不如死掉。

⑧ 利家嘴　央金玛

树泉和嘎姆的蘑菇

扎西次尔每天都会来找我,每天也都会问我同一个问题:你去哪里?然而我去哪里,最后往往都由他定。

有时,我们就在村里到处走,有时,扎西次尔会领我去一处特别的地方,比如村外山坡上那座放满了泥塑(包着谷物的泥佛像,用来敬神)的小庙,或是溪边那眼神奇的树洞泉。

达卡布沟河从村东边流过,在河流最靠近村子的这段河岸上,依次排列着七八座水磨房。树洞泉就在中间那座水磨房旁。泉水汩汩涌出的地方,原来长着一棵参天古树,一天这棵古树突然倒下,它的根部成了一眼泉。

树洞泉泉水有些浑浊,但人们说这水是神水,可以治各种病。村里人有了病,就会到这里来喝泉水。泉水有些涩,味道像啤酒。

得皮肤病的人会来这里打水，用它洗身子。得胃病的人会来这里打水，每天喝一碗，甚至头疼、腰疼、肚子疼的人，也来这里打水，有的洗，有的喝。为了方便打水，村里人在泉眼边做了个木槽，木槽就是用倒下的古树树干剖出来的。如今木槽已经被一层厚厚的乳白色钙化物包裹。

离树洞泉稍远点的地方还有一个更大的木槽，像浴缸，可以在里面洗澡。先把木槽盛满泉水，然后在边上燃一堆松木烧卵石，等卵石被烧热，再将它放入盛满泉水的木槽，卵石在木槽中咕咚咕咚冒泡，泉水沸腾了一般，这时就可以躺进木槽洗浴。

村里的人家也用这泉水蒸馍馍，据说蒸出的馍馍特别好吃。

这眼泉的出现有人说几十年了，也有人说几百年了。几百年是歪克家的杜基说的，杜基还说村中心的那棵大树有一千年了，小时候没有鞋穿，脚冻坏了，他就到树上刮树油，树油抹在脚上，脚上冻坏的地方就都好了。

杜基（七十七岁）背上披着一块羊皮，羊皮上的毛已被磨得差不多掉光了。杜基和村里的大部分老人没有两样，稍有不同的是杜基披的羊皮上打了好几块补丁。

不喝酒的时候，杜基喜欢不断地用手捶自己的腰，嘴里不停地说不行了不行了。喝酒的时候，杜基爱讲自己年轻时候的事，以及一些只有他一个人知道的奇闻秘事。

杜基的讲述：

我年轻时，当马脚子，走过下关，去过西昌。

还遇到过土匪。

土匪把我们衣服都剥光，抢走了我们的货和马。我们光着身子找到了解放军。解放军给我们衣服穿，后来又打了土匪，还夺回了我们的货和马。

马帮苦，但哪有年轻时不走马帮的？

有一年，有个大马帮打村里经过。马帮里有人得病，马帮给得病的人一些东西，把他留在村里。他在村里住二十天，就在加布的马厩里。后来他雇人用马送自己，据说上路不远就死了。后来村里跟着死了几个人，都说是被他带走了。

喝半斤白酒，腰就不痛。

（喝了一大口酒，然后杜基盯着我。）

你知道谁是第一个来利家嘴的人吗？

噶姆。

噶姆是真正的第一个来到利家嘴的人。噶姆来到了利家嘴，这时，利家嘴的山上才开始长出森林，坡上才开始长出青草，天空也才开始有了鸟，但地里还不能长出庄稼。

那时，利家嘴这个地方只有噶姆一个人。

噶姆是吃了森林里的一种蘑菇后，才生下了她的女儿。噶姆喜欢女儿，不喜欢男人。

有一次噶姆喝醉了酒（杜基再喝一口酒），她在森林里吃错了蘑菇，于是她怀上了一个男孩。利家嘴这才有了男人。

嘎姆到底是吃了什么样的蘑菇怀上孩子的？

（杜基喝一口酒，要带我去森林里找。森林里有许多种蘑菇，扎西不能确定哪一种才是嘎姆吃了生下女儿的蘑菇。）

这是嘎姆的秘密。嘎姆的这个秘密，只传女，不传男。这个秘密只有女人才知道。

利家嘴的女人把这个秘密一代一代都传给了女儿。她们想要孩子的时候，就会到森林里去找嘎姆的蘑菇吃，这样她们就会怀上女儿。

吃错了才生男孩。

（杜基还说，利家嘴的男人里只有他一个人知道这秘密。）

达巴和草

　　扎西支玛每天都到扎西罗布的小店来买酒喝。因为村里人都不愿看她醉酒后又唱又跳的样子，所以扎西支玛就在我面前唱，先唱，唱着唱着就又跳起来。其实，扎西支玛的歌我挺喜欢听。

　　利家嘴人就是洛克经常说的"鲁西"（摩梭）或者"麽些"人。"他们显得更加的原始，他们世世代代居住在这广袤的原始森林与深山之中，很少与外界联系，这里的妇女们更加胆小与闭塞，看见我们这些外人到来，羞涩得像小鹿一样。她们穿着有更多褶绉的褶裙，褶裙上带有彩色的镶边，身上套一件短小的马甲，她们的耳朵上都戴有很大的银制和铜制耳环，耳环的大小代表着她们各自家庭的富裕程度。"（《中国西南古纳西王国》）除了服装和耳环外，扎西支玛一点不像洛克所描述的利家嘴妇女。扎西支玛六十六岁了。据说她年轻时特别漂亮，也特别风流。扎西支玛有过多少情人，谁也说不清。人们只知道扎西支玛有五个孩子，五个孩子各有一个父亲。扎西支玛自己也就说她这辈子有过五个情人。

扎西支玛有时脖子里戴着许多条项链，来找我拍照片。她会从口袋里掏出几个鸡蛋给我，我就买酒招待她。喝了酒，她就唱。喝多了，她就跳。

扎西罗布现在要守着小店里的生意，不再每天都去山上放牛。

这几年利家嘴发生了很大变化。这些变化，总令我觉得上一次来这里并不是几年前的事，而是很久远的过去。那时，扎西支玛还没有死，她还能在噶软家的院子里给我讲故事。

那时，阿帕家的木匠苏拉平措还没有去攀枝花，还在家里刻着经堂的雕花。那时，裁缝那卡扎央还很忙，人们都在找他做老样的衣裳。那时，人们还总是坐在火塘边和客人说话。

那时，扎西罗布还每天都叫上我一同去放牛，牧场像一幅非常美丽的风景画，我们就在这幅望不到边际的画里走来走去，蓝天碧透，白云悠悠，鸟儿在林里鸣叫，溪水在涧中奔流，牛马在坡上吃草，蜜蜂在花与花之间忙碌。远处，成熟的苦荞在阳光下一片金黄。

这么好的阳光。

有一天我忍不住脱光衣裳（真正的牧人不这样），先躺在草地上晒，后又裸身满山遍野跑。傍晚时分，我恋恋不舍跟随牧人们回了村。

晚上，我感觉有些异样，皮肤像被烙铁烙了，浑身火辣辣疼，不能触碰。第二天天亮，我被自己吓了一跳：全身红肿，像剥了皮一样。

我被阳光灼伤。

扎西罗布笑我，说："你们外面人是什么做的，太阳一晒就成这样？"直到发现我两腿疼得无法站立，他才感觉问题严重。

扎西次尔拿一条毯子铺在树阴下，让我坐到上面，然后他用酥油在我身上一遍一遍地搽。酥油疗法有没有用还不知道，但立竿见影的是苍蝇开始密密麻麻往我身上冲。很快我就像穿了一件黑色的加厚套头紧身衣。扎西次尔围着我拼命赶苍蝇。

扎西次尔又让扎西罗布去掏野蜂窝。我浑身又被涂遍了蜂蜜。到了第三天，蜂蜜疗法被证明也无用。我的红肿疼痛一点没有消减。

第四天，扎西次尔就上山了。到了下午，扎西次尔采回一把野草，还有一捧树叶，他将草和树叶两者混合，揉碎，然后对水煮。草叶煮出的水呈鲜红色，血一样。扎西次尔先用红水把我全身洗一遍，再将煮烂的草叶敷在我红肿处。

扎西次尔说这草和叶很难找，走远路用它洗洗脚就不累了，刀伤、火伤，用它也都会好。我半信半疑。

阿帕家最终请了达巴，为我做法事。利家嘴人相信达巴最有智慧，凡有大事小事，都会请他。达巴穿着麻布长袍，头扎彩色的五佛冠，他先坐在我对面，嘴里念着经，手里丁零当啷摆弄各种法器，脸上时不时显出各种神秘莫测的表情。念了一段经后，他站起来，在我面前，或是围绕那棵树又唱又跳，有时握刀，有时摇铃，引来全村人围观。

最后达巴用手里的法器在我身上来回扫了几遍，他两眼盯住我，嘴里急速喊出一长串咒语般的话。

扎西罗布后来将达巴最后喊的那段经文翻译给我听，意思是：天、地、山、河、森林、草地，这片天地间一土一石一草一木处处有神灵，神灵不可轻慢。

不知是扎西次尔的草，还是达巴的法术起了作用，也或者是两者兼而有之，反正三天后我就奇迹般好了。

扎西罗布的小店里有一台电视机。电视机里那些穿着时髦的男男女女，还有他们离离合合的爱情，让村里的年轻人着迷。

每晚9点，准时停电。

利家嘴什么时候有了电？

看电视的人出了扎西罗布的小店，很快消失在黑夜中。

利家嘴又沉浸到原始的寂静里。

卓玛雍宗的茶

去卓玛雍宗家喝茶吧。我说。

她不在了。

她去哪里了？我一下子没听懂扎西次尔的话。上次去卓玛雍宗家，我发现她的眼睛有炎症，这次给她带了些眼药。

那药怎么给她啊？我又问扎西次尔。

"不用给了。她死了。"扎西次尔说。

这是个宁静的午后，空气里嗅不到一丝风的味道。阳光从头顶的树叶间漏下来，把地上弄得亮一块暗一块，像一幅无法看懂的画。

似乎有一只蜜蜂，一直在不远处或者就在耳边，来来回回飞绕。

上次也是午后，我一个人在村里走。沿着路旁开满了花的篱笆墙，一直走进了一个同样开着鲜花的小院。

院门就敞着，我走进去时，院里的狗趴在那动也没动，它只是微微抬了下眼皮，然后梦呓般哼了声。

院子很小，这是我在利家嘴见过的最小的一个院子。木楞房也只一层，矮矮地贴着院墙。

当她从幽暗的房门口走出那一刻，我特别惊讶，因为出现在我眼前的是一位异常优雅的老妇人。她个子很高，上身穿着一件黑色镶边的束腰偏襟短袄，下面是一条浅蓝的麻布百褶长裙，裙摆就这样一直曳到地下。她扭身跨过门槛的时候，一手扶着门框，一手将百褶裙稍稍提起。这时阳光照在了她的白发上，她长长的白发绾在头顶，银色的发髻上绕着一条纤细的缀满紫色碎花的藤枝。她的眼睛怕光似的眯着，但目光非常安详。

她请我进她的家。她把自己的身子闪在了门的一侧，一只手臂做着让我进屋的手势，嘴里轻轻说着我听不懂的话。很亲切。

我跨进屋，但看不见。

她就牵住我的手，领着我来到火塘边。

我的眼睛好一会儿才适应了屋里的黑暗。

房间很小，也很矮，火塘边没有铺地板，火塘两侧只是放了两块木板。火塘上方的供盘里，摆着松枝。火塘里的白灰很洁净。

她拿出一张已磨得很光的牦牛皮，铺在火塘右边的木板上。这是客人的位置。她请我坐。

她在黑暗中窸窸窣窣了好久，终于又为我端着了一碗青

⑧ 利家嘴　卓玛雍宗的茶

稞酒。

她用手示意我立刻喝上一口。

她看着我喝了她的酒后才又走开。她跨出门槛的那一刻，屋里变得更黑，她的有点弯曲的身影，在白晃晃的阳光里被熔化得很小。

她抱回了柴，为我煮茶。

她点了几次才点燃了松枝。

她把点燃的松枝放在火塘的白灰上，然后再在松枝上架上柴。她把脸贴在火塘的石沿上，鼓着腮向火塘里吹风。

火塘里的白灰在小屋里飞舞起来。

她抬起头看见我在用手挥赶眼前的白灰，就笑了。这时火塘里的火苗腾地窜起，火光将她的脸，将小屋照亮。

她就这么笑着，提着水壶去取水。

她就这么笑着，坐在我的对面，望着我，等着壶里的水烧开。

她偶尔冲我说些什么。我不懂。于是我就按惯常的初次见面的礼仪，向她作了自我介绍，告诉她我的名字，从哪里来。

她嗯嗯着，像是全听明白了我的话，然后就再冲我说着什么。

我们俩就这样坐在火塘边，说着话。

壶里的水开了。

她从身后摸出一个羊皮袋。她用了很长时间才解开系着羊皮袋的细绳，然后将手伸进袋里，掏出一块黑乎乎的东西来。

见我盯着她手里看，她就将手伸到我面前。这是块年代久远的茶砖。

她把茶砖放在火塘的石沿上，用柴火使劲敲下一块。

她把敲下的那块茶放入一个带把的铁罐里，又往铁罐里冲了开水。

铁罐被放进火塘，她又继续朝铁罐里添了好几样东西。

等到铁罐里的茶沸腾，并且溢出，她就将裙摆缠在手上，然后把铁罐从火塘里取出来。

罐里的茶被倒进了碗里。她双手端着茶碗，穿过火塘的火苗递给我。

茶是深褐色，抿一口，咸咸的，带着浓重的苦，慢慢地它又在嘴里生发出了许多我从没体验过的复杂滋味来。

"我的妈妈，和你一样，满头白发。"我想让她听明白这句话，就一边腾出一只手去抓自己的头发，一边嘴里不断地说"安米"（妈妈）"安米"。

她笑了。她听懂了我的话。

院子里的狗又发出了一声梦呓般的哼哼。

她的女儿，还有女儿的孩子们回来了。她们从地里背回了刚刚收割下的燕麦。

"我去村西的一户人家做客了，老人烧茶给我喝，我和她在火塘边说了许多话。"我告诉扎西次尔，"下次你要和我一起去，我想知道她对我说的什么。"

"那是卓玛雍宗家。卓玛雍宗的故事确实值得你了解。"扎西次尔意味深长地说。

⑧ 利家嘴　卓玛雍宗的茶

然而，关于卓玛雍宗的故事，现在我只能告诉你这些了。

通往卓玛雍宗家的那条小路上，阳光依然很灿烂。田里的藤蔓穿过路旁木栅栏的缝隙，一直朝着路中间伸展。木栅栏上开着许多花。溢过路面的溪水里，落着樱桃似的花红（一种果实），它是树上结的最甜的果实。

"你（上一次）走后半年，卓玛雍宗就得病了，肚子里疼，疼到一个月她就死了。"扎西次尔说，"这两年里，利家嘴走了好几个人。"他怕我不明白，就又说："死了，他们都死了。"

"利家嘴没有医生。"扎西次尔又说。

皮匠和路绒的歌

　　扎西次尔从扎西罗布的小店里拿了两把面条做礼物，然后将几张熟好的羊皮夹在腋下，朝地别家走去。他想请裁缝那卡扎央给自己做一件新衣裳。

　　扎西次尔也是个手艺高超的皮匠。

　　第一次见扎西次尔时，他正在熟皮子。一张鲜牛皮被挂在树上，扎西次尔手里拿着一个刀状的石片在皮子上来回地刮。皮子味道很大，引来许多苍蝇嗡嗡嗡嗡围着它。熟皮子是个技术性很强的活，弄得不好皮子会破，做成后又硬又脆味道又不好，还掉毛。扎西次尔熟的皮子干净，不掉毛，没有味道，抓在手里比麻布还要软和。

　　到了地别家，扎西次尔从柴堆上拿过一张牦牛皮，来到廊沿下。他将牦牛皮在光滑的石板地上铺好后，然后请那卡扎央在上面坐下。

扎西次尔把自己带来的几张皮子摊在院子里给那卡扎央看。地别家院子里盛满了阳光，阳光照在那卡扎央的脸上，那卡扎央脸上的皱纹看上去就都像刀凿出来的一样。

那卡扎央把皮子抓在手里搓了搓，说："这皮子能做成一件上好的雪袄。"

那卡扎央抓着皮子时，翘着下巴，他半眯着眼睛，眼里浑浊得如同塞了一团旧棉花。

扎西次尔说："不想再做雪袄。老式样的雪袄只能放牛穿。这次是想做一件新式样的衣裳，有领子和一排扣子的那种，出门的时候也可以穿。"

那卡扎央慢慢放下了手里抓着的皮子。他站起身，一边朝着屋里走，一边叹着气说："眼睛快瞎了，看不见了，衣裳做不了了。"

扎西次尔又夹着羊皮子离开了地别家。

扎西次尔说："那卡扎央他做旧式样的衣裳做得最好，以前村里女孩和男孩举行成人礼时都是请他做衣裳，但他不会做新式衣裳。"

扎西次尔放下皮子，然后使劲地掸了掸身上那件浅蓝色的拉链衫，说："现在村里穿旧式样衣裳的人越来越少。来找那卡扎央做衣裳的人也越来越少。"

我后来才知道，皮匠扎西次尔是裁缝那卡扎央的儿子。

为什么你不叫他爸爸？我问扎西次尔。但这话刚一出口，我就后悔了，我不该这样问的，其实在利家嘴，从来就不曾有爸爸这一说法。

经过扎西罗布的小店时，看见一位穿着一身时装的姑娘正趴在小店的窗子上买东西。

买好了东西，她转过身来时，发现我正在打量着她，她就向我摇了摇手里抓着的一把蜡烛："每晚都停电，真不习惯。"然后又朝我笑了一下。

我以为她是外面来的游客，正想上前打听一下是从哪儿来，她却先开口叫出了我的名字。

我大吃一惊，甚至慌张起来。

见我没认出她，她就又说："我是达珠拉姆的女儿呀。几年前你来村里，参加过我的穿裙礼啊。"

我这才想起，这是乔治家达珠拉姆的女儿达娃卓玛。记得穿裙礼上的她，还是个小姑娘。

我问她："达娃卓玛你怎么不穿裙子了啊？"

她说："穿啊，不过只在丽江上班穿。"

达娃卓玛现在在丽江的一家酒吧里做服务员。她说："你和上次来时一样，怎么一点都没变啊？"

我说："没变你才能认出我啊。要是我也变了，那我们就谁也不认识谁了呀。"

达娃卓玛就邀请我晚上去她家喝酥里玛，她说："再不来，我们家也会变得让你认不出来了啦。"

扎西罗布的小店里，坐着几位村里的小伙子，他们一边喝酒，一边传看着苏拉平措在外地打工时拍的照片，谈着谁在今天早上又去了西昌,村里又有哪几个漂亮姑娘要去永宁,她们还要去丽江,还要去更远的地方。

扎西次尔说:"还记得阿扎家的那套武士服装吗?"

我说:"记得啊,达珍的葬礼上我看见路绒穿过它,很漂亮。"

扎西次尔递给我一杯酒,说:"前几天,有两个人来村里收旧东西,看中了阿扎家的那套武士服装,他们出了一个价格,但阿扎家没卖。"

扎西次尔把手里的酒杯伸向我,在我的酒杯上碰了一下,然后仰头喝下杯里的酒。

扎西次尔:"阿扎家的那套武士服装是祖传的,很多年了,村里重要的仪式都要用它。收旧东西的人非常喜欢这套武士服,他们说还会再来的。到时他们或许会出更高的价钱来买这套武士服,我不知道阿扎家那时还会不会继续收着它。"

我也仰头喝下了杯里的酒。

"该流走的东西你留不住,该留下的东西他带不走。"我说,这是利家嘴的一句古语。

天慢慢黑了。

扎西罗布的小店里挤满了看电视的人。

离开利家嘴的路上,遇见放羊的路绒。羊儿在山坡上吃草,路绒在松树下坐着。我上前和路绒打了招呼,然后继续往前走。

"梦见九代前的男祖先,梦见七代前的女祖先。梦见天地开裂寻不到路,梦见坐着云彩游天边。梦见大河小河断了流,梦见两只老虎磨獠牙。梦见水獭含着露珠跑,梦见骑着飞马转经塔。"

身后传来歌声。歌声带着远古的凝重与浑厚,还有地老天荒般的迷茫和忧伤。

路绒在用古老的方式与我道别。

而我不知该如何回应他。

从俄碧前往左口村的路上。

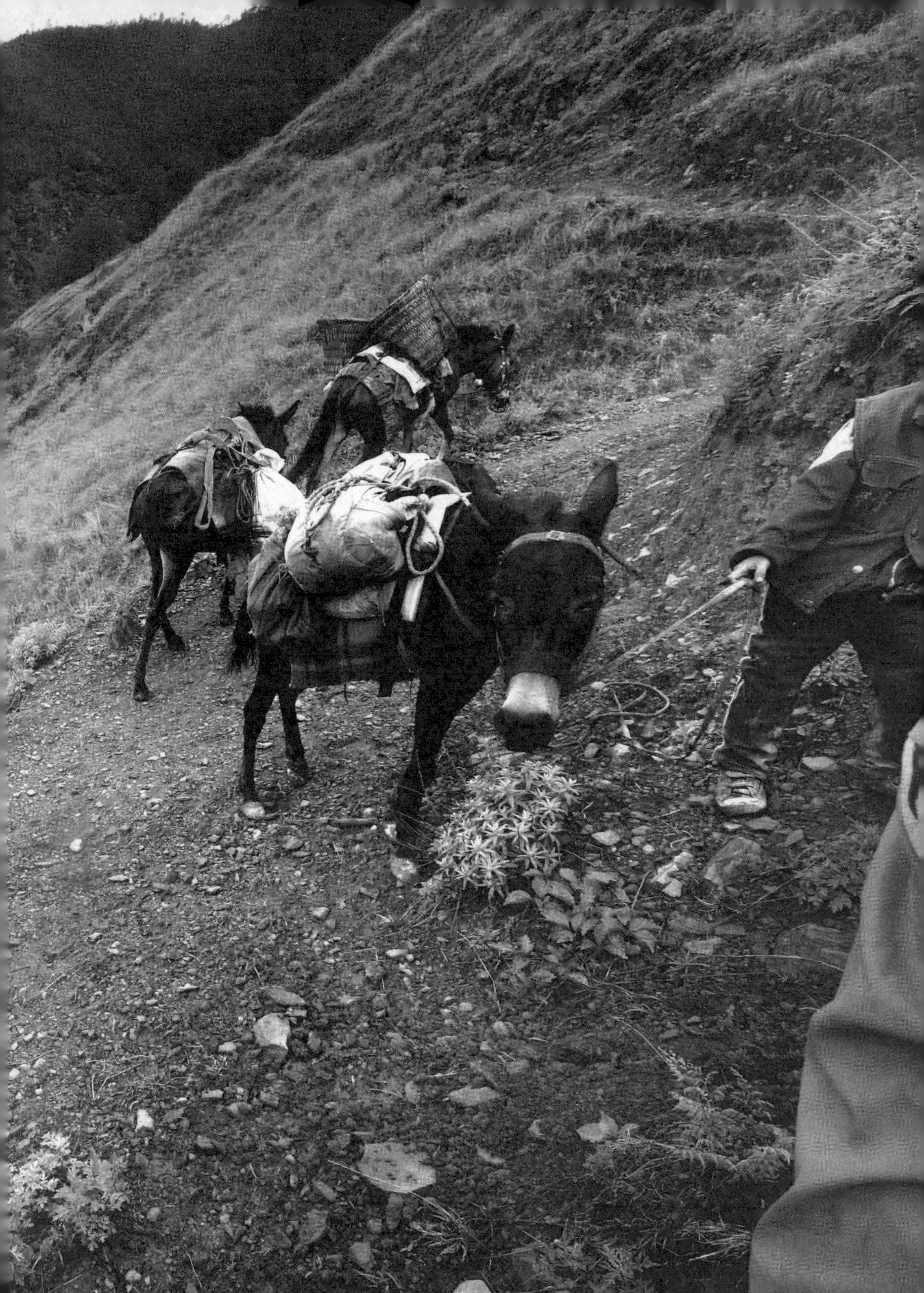

屋脚乡的葬礼。死者的家人将被白布缠裹着的死者尸体放上火葬台

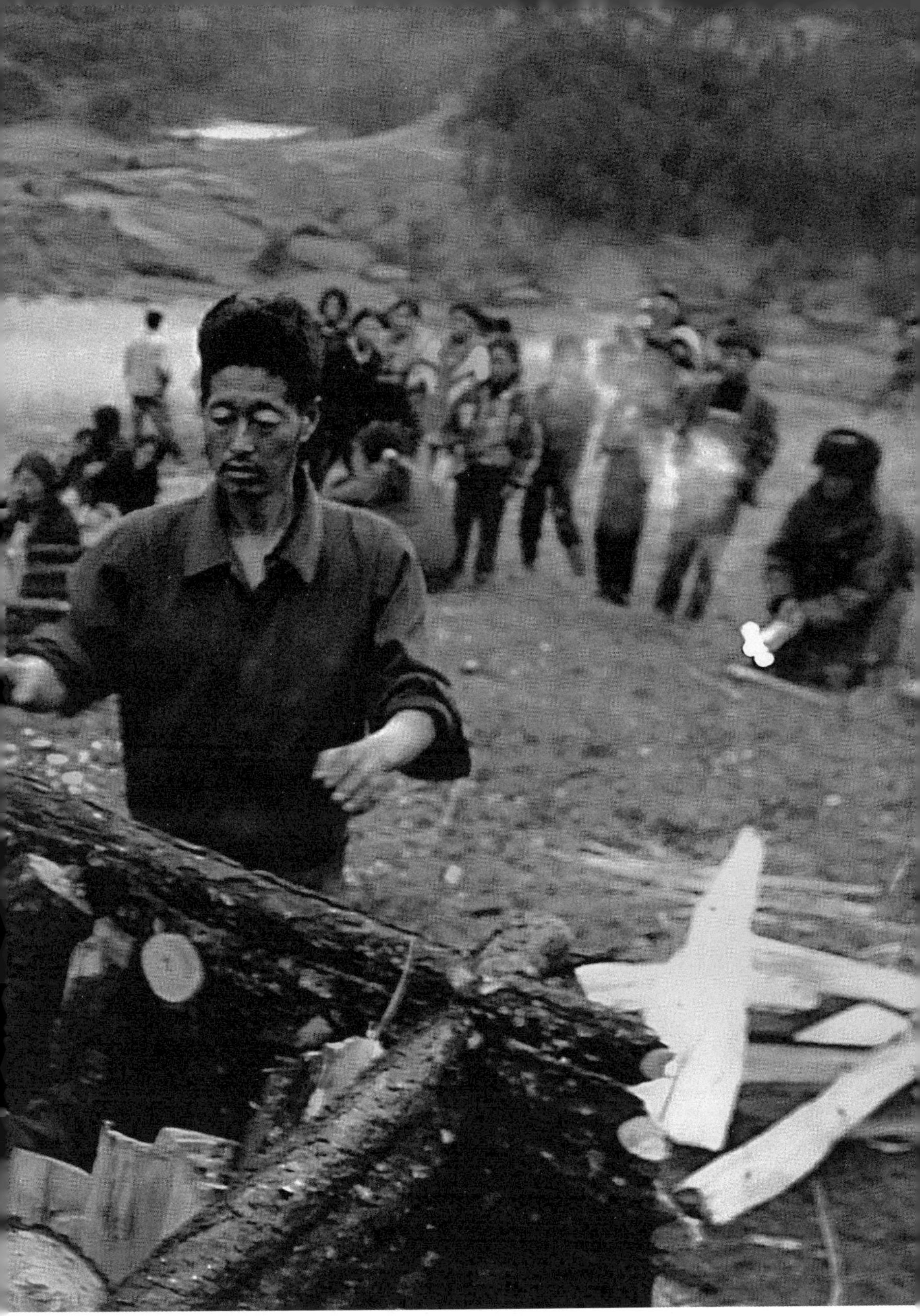

给病人做法事的喇嘛

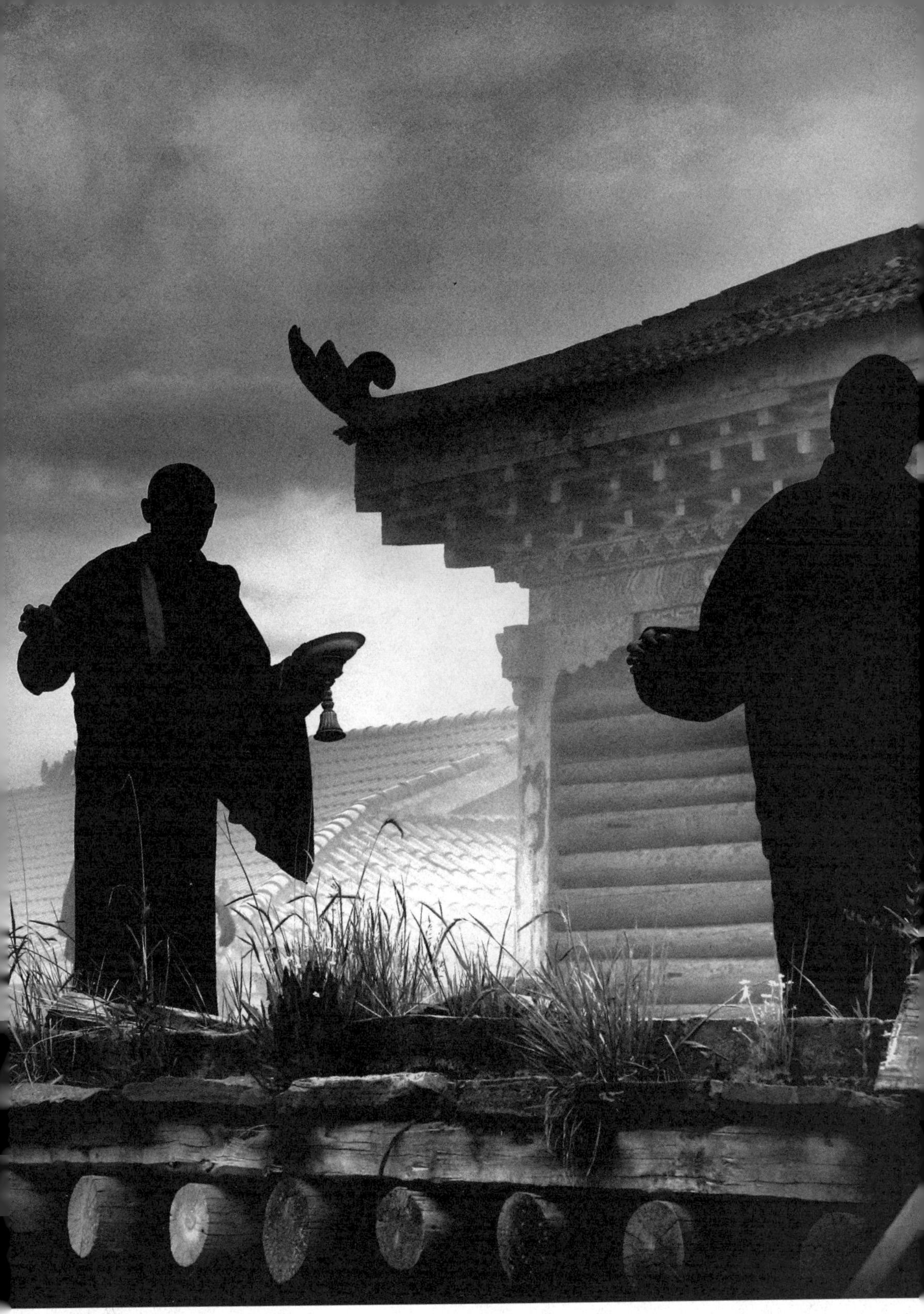

达巴马格洛

❾ 后记

时间的凹地

　　临行前，洛克去与木里王告别，对木里王的热情款待他表达了谢意。木里王对洛克将要离开表示遗憾，他希望洛克有机会再来。木里王还赠给洛克一个金碗、两尊小佛像，以及一张豹子皮。

　　"最后我们从南门离开了木里城，进入木里山谷。"
　　"远远望去，小小的木里城坐落于小山的脚下，被一片橡树林环抱着，在晨辉的沐浴下显得特别美丽。突然，一种强烈而又特别奇怪的孤独情绪深入我的内心，我想起了我们刚刚离别的那些热情好客的朋友们。他们生活在大山深处，过着与世隔绝的生活，对外面的世界显得如此的陌生。"
　　"那天晚上，睡在帐篷里，我做了一个很奇怪的梦，梦中我又回到了那片被高山环抱的童话之地——木里，它是如此的美丽与安详。我还梦见了中世纪的黄金与富庶，梦见涂着黄油的羊肉和松枝火把，一切都是那样安逸、舒适与美好。"

木里病人，指的不仅仅是木里的病人，还指患有"木里病"的人。我就是"木里病"患者。我已无法准确说出自己何时染病，只能大概感觉应该是在读了洛克的上面这些文字之后。木里的病人很多，而饱受"木里病"折磨的，据我所知也不少，它症状似毒瘾，发作时难以忍受。

时间如水，一马平川时飞驰如箭，山重水复时迂回缠绵，而当它流入了凹地，则会停住脚步，止息不前。

木里即是一处时间的凹地。

险山厄水，是隔在它与外界之间的樊篱。千百年间，重门紧闭。重门之外，时间的疾风席卷而过。翻越这重重山水，如被急流裹挟跌下断崖，时间之瀑的巨大落差令人晕眩，也令人亢奋，最终成瘾。这是一个始料不及的开端。

行走于大村石巷，窄窄的，满地是牛马的粪便，在雨季，雨水将各家各户的垃圾冲积在这里，并通过这里流向村子的下方。巷子里飘着古老的浓厚的腐臭味道。不停地要和驮着干草或木段的骡马擦身而过，像回了中世纪，人们的表情，衣服上的污腻，也都泛着千年前的光芒。我在时间的深处，无限岁月就这样被系到了马铃上。

女人们将麻秆收割，再放入龙达河里浸泡，它们用卵石将麻秆整齐地压在河底，七天七夜，然后再将它从冰冷的水里捞起。麻秆在手上一折，再往两边一扯，就是一根麻。

这时应是 11 月了，她们赤着脚站在水里。她们再将麻放在锅里煮，然后在放羊的路上一边吆着羊一边捻，捻成线，再在古老的织机上织成窄窄的布片。

我喜欢这些布片，带着它们回到我的时空里，我会把它放在案头，当手指在光滑的键盘上不停敲击时，偶尔触碰下这布片，粗糙的麻的布片，心里会有一种无法言说的喜悦，一种眷念，这是另一个时空送给我的信物。

洛克换上一套礼服，在一名喇嘛的伴随下，前去拜望木里王。洛克的侍从，暹罗男孩、藏族厨师以及两个纳西仆人，他们也都换上了他们最好的衣服，一起前去，并且带着洛克献给木里王的礼物。

洛克首先开口讲话，说他很久以前便听说木里这样一个古老、美丽的地方以及喇嘛王的宽厚与仁慈，并且在很久以前便想访问木里，拜会喇嘛王阁下。

喇嘛王回答说木里是一个非常贫穷的地方，并对洛克不远千里来到这里表示感谢并深感荣幸。

木里王问洛克他是否可以骑马从木里到华盛顿去，还问洛克华盛顿是否离德国很近。他还伸出一只手，让洛克替他把脉，然后告诉他能活到多少岁。之后，他又看着洛克的眼镜，问洛克是否还有一副眼镜可以让他能看穿山林。

洛克极尽所能以他所知一一向木里王做了解释。那天，木里王邀请洛克吃了用一个金盘装的一块马肉、一块干羊肉和一小撮盐。饭后，作为礼物，洛克送给了木里王三块肥皂。

⑨ 后记　时间的凹地

在英扎的小屋里，他拿着厚重的东巴纸写经，用那种神秘而又似乎有些幼稚的象形字。

我在这些字里看见庄稼一样生长了数百年的渴望与畏惧，生离与死别，最丰富的想象与最真挚的情感。它们比时间更遥远，也比时间更永恒。

每次离开，阿甲都要杀鸡，一是为我送行，二是用来打卦。等我将鸡翅上的肉吃完，阿甲就将鸡翅骨拿在手里迎着亮观察，鸡翅骨的根部是家，鸡翅骨的梢部是天。透明的鸡翅骨里会有黑色沉积物，如果黑色在鸡翅骨的根处，是好的预兆，如果黑色在鸡翅骨的梢部，则天会有变。我的鸡翅骨阿甲每次总是说好。谢谢阿甲。

姜医生说他家后面的山头上有一种动物，像猫，但可以飞翔，它前足与后足之间长着一层薄薄的皮膜，从山崖上往下一跃，前足后足展开，皮膜就像翅膀一样。我是个进化论者，但在木里，我不止一次怀疑进化论。如果人现在的样子真是进化的结果，那么这里的人肩头都该长有一副翅膀，在这里，双腿不是进化的高级形式，山险水恶中，最高级的进化是长出翅膀。

时间的凹地终将会被填平（木里或许会成为自然生态、文化样式还没有被真正看清、没有被充分探究即已消失的地域之一），那时"木里病"会消失，但木里仍会有病人，只是"病人"一词前不必再特别加上"木里"二字，他们会和各地的病人一样，有病就可以治，且能享有最好的医疗条件，得到最好的医生照顾。

黄昏的时候，我们收好了帐篷继续前进，爬过了那座小山的西面。我们大约走了两英里才遇见了一个喇嘛，他穿着深红色的长衫，骑着一匹马，马背上铺着用豹皮制成并以西藏地毯装饰的垫子。

　　他看见我们，翻身下马，深深地向我鞠了一躬。然后从怀里掏出木里王给我的一封信件，并用藏语做了一个短小的发言。我的藏族厨师翻译了喇嘛的发言，意思是他代表木里王向我这个尊贵客人，表示热烈的欢迎。

　　喇嘛领着我们在崎岖的山路上继续前进，很多祈祷者和我们擦肩而过，我听见他们嘴里不停的重复着一句话:om,ManipadmeHum(六字真言，嗡嘛呢叭咪吽)。

　　洛克曾用文字不厌其烦地描述了他与木里王的见面过程。这次会晤应是他一生中最引以为傲的事。1962年12月5日，洛克在夏威夷走完了他孤独的人生之旅。临死前，他在给友人的信中写道："如果一切顺利的话，我会重返丽江（洛克三次进木里都是从丽江出发）完成我的工作……我宁愿死在那风景优美的山上，也不愿孤独地待在四面白壁的病房里等待上帝的召唤。"

　　洛克的"木里病"，至死不愈。

陈庆港
2017年6月5日